La mariée rebelle

Chère lectrice,

En ce beau mois de plein été, vous retrouverez avec un plaisir infini, j'en suis sûre, vos héros siciliens au tempérament de feu, les fils de l'étonnant Cesare Orsini. Des hommes dont l'arrogance n'a d'égale que la séduction… Dans la suite de la formidable série de Sandra Marton, *L'enfant caché de Dante Orsini* (n° 3143), Dante va découvrir que la belle Gabriella, le top model brésilien qui fut sa maîtresse un an plus tôt, vient d'avoir un enfant de lui, un bébé de quatre mois… Un roman plein d'émotion et de passion, vous le verrez.

Et, bien sûr, vous découvrirez la suite de votre saga « L'héritage des Balfour ». Dans *Scandale à Balfour Manor* (n° 3144), vous ferez la connaissance de Zoe, une héroïne attachante dont la vie vient d'être bouleversée à tout jamais lorsqu'elle a appris qu'elle n'était pas la fille biologique d'Oscar Balfour. Cette nouvelle, qui a créé le scandale lors du centième bal de charité donné par les Balfour, change tout pour elle…

Très bonne lecture !

La responsable de collection

ANNIE WEST

La mariée rebelle

collection Azur

éditions Harlequin

Cet ouvrage a été publié en langue anglaise
sous le titre :
BLACKMAILED BRIDE, INNOCENT WIFE

Traduction française de
CATHERINE BENAZERAF

HARLEQUIN®

est une marque déposée du Groupe Harlequin
et Azur ® est une marque déposée d'Harlequin S.A.

83-85, boulevard Vincent-Auriol, 75646 PARIS CEDEX 13 — Tél. : 01 42 16 63 63

Service Lectrices — Tél. : 01 45 82 47 47

www.harlequin.fr

ISBN 978-2-2802-2491-8 — ISSN 0993-4448

1.

A l'instant même où Alissa descendait du tramway, le ciel de plomb qui pesait sur Melbourne fut déchiré par un éclair, et des trombes d'eau s'abattirent sur la ville.

Bien trop préoccupée par l'après-midi qui l'attendait, elle n'avait pas songé à se munir d'un parapluie. La température avait brutalement chuté et elle frissonna.

Etait-ce un mauvais présage ?

Bien sûr que non ! Pas question de céder à la sourde inquiétude qui ne l'avait pas quittée depuis le matin : c'était ridicule... Les prémonitions n'existaient pas, elle ne croyait qu'aux coïncidences.

N'avait-elle pas tout planifié avec le plus grand soin ? Il n'y avait donc aucune raison pour qu'elle se décourage si près du but. Trop de choses étaient en jeu.

Ce mariage était la seule solution...

Alors, pourquoi un frisson glacé parcourait-il son dos à la seule pensée de lier son sort à celui d'un homme ? N'était-ce pas *elle* qui avait décidé d'épouser Jason ? De plus, Alissa savait parfaitement qu'elle n'avait rien à redouter de lui. Et que leur union serait éphémère.

De toute façon, la prudence et les atermoiements n'étaient plus de mise. Il lui fallait agir au plus vite, dans l'intérêt de sa sœur. Car pour Donna, ce mariage représentait la dernière chance ; et Alissa était prête à tout afin de sauver celle qui lui était si chère — même à affronter ses pires angoisses.

Les dents serrées, elle monta les marches de l'hôtel de ville, dont la façade se dressait devant elle, étrangement menaçante aujourd'hui.

Elle se répéta pour la millième fois que tout allait bien se passer. Elle épouserait Jason puis, une fois les six mois fatidiques écoulés, ils partiraient chacun de leur côté. Avec l'argent de l'héritage. Cet argent qui sauverait la vie de Donna.

Il n'y aurait aucun problème !

Tête baissée, Alissa franchit le porche et se précipita dans le hall sombre. Soudain, elle buta contre quelque chose. *Quelqu'un* en fait, réalisa-t-elle.

— Regardez donc où vous allez ! lui intima une voix autoritaire.

Des mains solides l'agrippèrent aux épaules et la repoussèrent. Un parfum épicé et viril emplit ses narines, et la chaleur qui émanait de l'homme à la stature imposante contre lequel elle s'était jetée l'enveloppa tout entière, dans une muette et troublante sollicitation.

Elle s'écarta pour mieux observer l'inconnu.

Ses chaussures en cuir noir, probablement réalisées sur mesure, semblaient tout juste sorties de chez le meilleur bottier. Un pantalon, noir également, habillait à la perfection des jambes interminables, dont on devinait la musculature puissante. Une veste de grand couturier tombait impeccablement sur des épaules à la carrure impressionnante. Tout cela produisit sur Alissa une impression aussi déstabilisante que le silence obstiné de l'homme.

Elle tâcha de faire un nouveau pas en arrière, mais la poigne d'acier qui enserrait ses épaules ne se relâcha pas. Ce qui eut le don de l'agacer au plus haut point.

D'un coup d'œil, elle détailla le visage mince, aux traits sévères et à l'expression arrogante. Une mâchoire volontaire, un nez long et droit, de hautes pommettes lui conféraient une distinction tout aristocratique. Seules

les courbes sensuelles d'une bouche aux lignes fermes adoucissaient un peu ce faciès énergique.

Une chevelure aile de corbeau négligemment rejetée en arrière descendait en V sur le front, au-dessus de deux yeux sombres dans lesquels se lisait la plus parfaite réprobation.

Alissa prit une profonde inspiration. Le ciel vienne en aide à la malheureuse qui allait épouser cet individu ! Avec ce physique de play-boy, à la virilité si troublante, il devait fasciner la pauvre créature au point qu'elle soit incapable de percevoir ce qu'il y avait en lui de dangereux.

Comment une femme pouvait-elle envisager de s'enchaîner à un tel homme ?

— Je suis désolée, murmura-t-elle dès qu'elle parvint à retrouver l'usage de sa voix. J'avais tellement hâte de me mettre à l'abri que je ne vous ai pas vu.

Pas un mot de réponse. Juste un froncement de sourcils.

Alissa porta la main à ses cheveux détrempés. A cause de la pluie, son tailleur lui collait au corps.

Pourquoi cet homme la regardait-il ainsi ? Etait-ce son physique qu'il ne trouvait pas à son goût ? Ou était-il à ce point irrité d'avoir été bousculé ?

« Tu n'es qu'un garçon manqué. Tu n'as rien d'une jeune fille bien élevée. »

Ces mots avaient résonné aux oreilles d'Alissa avec une telle clarté qu'elle sursauta. Pourtant l'étranger n'était pas sorti de son mutisme. Seulement, son regard glacial avait fait remonter de tristes souvenirs à sa mémoire : c'était son grand-père qu'elle avait entendu.

Fallait-il qu'elle soit nerveuse, songea-t-elle en frissonnant, pour que le vieillard revienne ainsi la troubler depuis l'au-delà.

— Ecoutez, balbutia-t-elle, je…

— Cela vous arrive souvent de vous jeter tête baissée dans les bras du premier venu ? coupa l'inconnu.

La voix était sourde, mélodieuse et profonde, teintée

d'un léger accent traînant qui ne faisait qu'accentuer son pouvoir de séduction. Alissa tressaillit. Mais cette fois, ce n'était ni de peur ni de froid. A son grand agacement, elle sentit la caresse de ce timbre viril mettre tous ses sens en alerte.

— Je ne me suis jetée dans les bras de personne ! J'étais seulement perdue dans mes pensées.

D'un mouvement brusque, elle se dégagea de l'étau qui la retenait prisonnière. Même en se redressant de toute sa taille, elle atteignait à peine l'épaule du bel étranger.

Ses protestations furent accueillies par un haussement de sourcils qui marquait une incrédulité hautaine.

— Eh bien, alors, je vous présente mes excuses pour en avoir aussi brutalement interrompu le cours.

Alissa pivota sur ses talons et s'éloigna d'un pas décidé. Elle sentit le regard de l'inconnu s'attarder sur le balancement de ses hanches.

Cependant, ce n'était pas de l'admiration qu'elle avait quelques secondes auparavant vu briller dans ses yeux. Plutôt un impitoyable mépris. Qu'elle ne s'expliquait pas, d'ailleurs.

Peut-être était-il simplement sur les nerfs parce que sa fiancée était en retard ?

Alissa releva le menton et passa la porte qui menait vers le bureau où elle était attendue. N'avait-elle pas mieux à faire qu'à s'interroger sur les motivations de quelqu'un qu'elle ne reverrait jamais ?

Après tout, elle allait se marier.

— Il a dit *quoi* ?

Alissa secoua la tête. Elle avait sûrement mal entendu !

L'employé d'état civil haussa les épaules, en écartant les mains d'un air impuissant.

— Qu'il ne pourrait honorer le rendez-vous.

Le *rendez-vous* !

Sous le choc, Alissa sentit le sang battre furieusement à ses tempes. Il ne s'agissait pas d'un *rendez-vous* mais d'un *mariage* ! Jason allait l'épouser !

C'était une mauvaise blague…

Pourtant Jason était aussi désireux qu'elle de conclure cette union. Plus exactement : désireux de rentrer en possession de la somme confortable que chacun empocherait lorsqu'ils auraient vendu le domaine qu'Alissa venait d'hériter de son grand-père.

Lorsqu'elle lui avait fait cette proposition, Alissa avait été frappée de voir avec quel enthousiasme Jason avait sauté sur l'occasion. Manifestement, il avait encore plus besoin d'argent qu'elle ne l'avait supposé.

C'était certainement une incompréhension. Jason devait s'être mis en retard, tout simplement.

— Qu'a-t-il dit exactement ? interrogea-t-elle avec difficulté.

L'employé la gratifia d'un coup d'œil perplexe avant de lire le mot qu'il tenait.

— M. Donnelly a appelé il y a une demi-heure pour dire qu'il ne pourrait pas venir. Il a changé d'avis.

Alissa était trop anéantie pour se sentir humiliée par cette désertion inattendue.

C'était une épouvantable catastrophe !

Elle noua étroitement ses mains pour se forcer à garder son calme. Malgré tout, la panique la submergea, et son cœur se mit à battre la chamade.

Il était hors de question qu'elle échoue !

Que ferait-elle si Jason l'avait vraiment laissée tomber ?

Il était *indispensable* qu'elle se marie.

Si, dans les trente jours à venir, elle ne se faisait pas passer la bague au doigt — ainsi que le stipulait le testament de son grand-père —, elle pourrait dire adieu à tout espoir d'emmener Donna aux Etats-Unis pour lui faire administrer le traitement dont elle avait besoin.

Contester le testament prendrait trop de temps. De plus, son avocat lui avait bien précisé que rien ne lui garantissait d'avoir gain de cause. Quant à obtenir un prêt pour couvrir les frais astronomiques que représenteraient le voyage et les soins, il ne fallait pas y compter…

Elle n'avait d'autre option que de faire ce qu'elle s'était promis d'éviter à tout prix : se soumettre aux dernières volontés de ce grand-père si détesté, afin de pouvoir disposer de la part d'héritage qui lui revenait.

Le vieux forban devait bien rire d'où il était, de voir dans quel pétrin elle se trouvait !

Elle accrocha un sourire crispé sur son visage et prit une profonde inspiration.

— Il n'a rien dit de plus ?

— Non. Rien de plus.

— Très bien. Je vois. Merci beaucoup.

Mais elle ne voyait rien du tout. Cela n'avait pas de sens.

Elle fit demi-tour et prit son téléphone portable. D'un doigt hésitant, elle tapa le numéro de Jason.

La ligne était occupée…

Avait-il un réel problème, ou cherchait-il seulement à la fuir ? D'ailleurs, pourquoi ne l'avait-il pas contactée directement au lieu d'appeler le bureau des mariages ? Pas de doute : il cherchait manifestement à l'éviter !

Alissa porta la main à son front. Que pouvait-elle faire ? Se mettre en quête de Jason serait certainement vain.

— Miss Scott ?

La voix de l'employé dans son dos lui fit faire volte-face. Jason s'était-il enfin décidé à venir ?

Hélas, son espoir s'évapora instantanément lorsqu'elle aperçut l'homme, seulement accompagné de la haute silhouette de l'inconnu rencontré dans le hall.

Que faisait-il là ?

Il l'observait intensément entre ses paupières mi-closes ; Alissa détourna le regard, de nouveau parcourue par un frisson d'appréhension. Cet homme avait le don de la mettre suprêmement mal à l'aise.

— Ce monsieur désire s'entretenir avec vous.

— Avec *moi* ?

Elle se contraignit à lever les yeux vers le visage à la beauté glaciale, tout en s'efforçant d'ignorer le frémissement que l'angoisse faisait courir sur sa peau.

— Vous êtes bien Alissa Scott ? questionna l'inconnu.

Alissa hocha la tête.

— Fiancée à Jason Donnelly ?

— C'est exact.

— Petite-fille de Gianfranco Mangano ?

Elle acquiesça, irritée par son ton d'une froideur implacable. Entendre prononcer le nom de feu son exécrable grand-père ne pouvait qu'ajouter à sa nervosité.

— Nous avons à parler. J'ai des choses à vous dire.

— Au sujet de Jason ?

Etait-ce pour cela qu'il faisait les cent pas dans le hall tout à l'heure ? En ce cas, pourquoi n'avait-il rien dit à ce moment-là ?

— *Sí.*

Ce seul mot avait été prononcé d'une voix tellement cassante, son expression était tellement sombre, qu'Alissa eut un terrible pressentiment.

D'un geste, l'inconnu lui intima de le suivre. Sans même s'assurer qu'elle obtempérait, il s'éloigna à grandes enjambées. Alissa dut presser le pas pour le rattraper.

Ce n'est que dans le hall qu'elle parvint à le rejoindre.

— Où allons-nous ?

Il fit halte et darda sur elle un regard perçant.

— Ma limousine attend dehors. Nous y serons tranquilles pour parler.

Alissa secoua la tête : il n'était pas question qu'elle suive un étranger jusque dans sa voiture. Encore moins celui-ci.

— Nous pouvons très bien discuter ici.

— Vous avez vraiment l'intention d'aborder des questions personnelles dans un lieu public ?

Alissa soutint son regard et releva le menton.

— Vous aviez quelque chose à me dire, me semble-t-il ?

Dario posa les yeux sur le visage ovale levé vers lui et, une nouvelle fois, le désir le transperça comme un coup de poignard. Un brasier s'alluma aux tréfonds de son être.

Pourquoi fallait-il malgré tout que cette femme lui fasse un tel effet ?

Malgré le mépris qu'elle lui inspirait. Malgré la haine qu'il ressentait à l'égard de la famille Mangano. Malgré la colère qu'il éprouvait en pensant à tout ce qu'il était obligé de faire pour obtenir ce qui, en fait, lui revenait de droit.

Lorsqu'elle s'était jetée contre lui, quelques minutes plus tôt, une émotion aussi troublante qu'inattendue était née au creux de son estomac, le clouant sur place.

A son grand étonnement, cet élan physique qui le submergeait était encore plus intense que le dégoût qu'il éprouvait pour Alissa Scott.

Avait-il oublié comment elle avait rejeté par deux fois ses très généreuses propositions ? Sans même daigner le rencontrer, d'ailleurs. Cela était déjà une insulte qui exigeait réparation. Jamais une femme ne lui avait refusé quoi que ce soit.

Qui plus est, elle avait comploté dans son dos avec Donnelly pour le déposséder de ce qui comptait le plus au monde pour lui : le *castello* en Sicile, que le grand-père d'Alissa avait volé à sa famille.

Si, au moins, elle avait fait un mariage d'amour, il aurait pu comprendre. Mais il ne s'agissait que d'une manœuvre cupide et machiavélique pour le dépouiller.

Dario prit une profonde inspiration. Cette femme était

tout ce qu'il détestait. Superficielle, calculatrice, gâtée. Elle avait grandi avec tous les avantages que procure la fortune. Et pourtant, elle n'avait su que gaspiller ses chances, en s'adonnant à la drogue et à l'alcool au cours de fêtes débridées. Jusqu'à ce que même son grand-père finisse par se lasser de ses frasques ! Tout ce qu'elle méritait c'était le plus profond mépris.

Et pourtant…

Cette peau diaphane, à la pureté éthérée, ces grands yeux d'un bleu céleste, l'arc sensuel de cette bouche charnue, les courbes voluptueuses de cette silhouette de tanagra…

Tout en Alissa — jusqu'à cette énergie difficilement contenue — respirait une féminité bien trop attirante.

Dario ne pouvait s'empêcher d'être profondément agacé par le trouble qu'elle suscitait en lui. Il n'aurait jamais rien dû ressentir de tel, mais cela lui échappait complètement.

Et il ne supportait pas l'imprévu.

Il avait pour habitude d'éliminer sans délai tout ce qui se mettait en travers de sa route. Sa fortune, le pouvoir qu'il avait acquis à force de travail, et sa volonté de fer lui permettaient de faire disparaître de sa vie tout ce qui ne cadrait pas avec ses projets. La patience n'était pas son fort.

— Ce que j'ai à dire ne saurait être exposé à des oreilles indiscrètes, insista-t-il.

Mais la jeune femme ne bougea pas d'un centimètre, lui faisant face avec une lueur de défi dans les yeux. Dario réprima son exaspération. Il aurait dû se douter qu'Alissa Scott refuserait de le suivre. L'entêtement qu'elle avait mis à faire rejeter par son avocat ses deux propositions était la preuve d'un tempérament égocentrique et obstiné.

Il soupira, en s'efforçant d'ignorer l'effet dévastateur qu'avait sur ses facultés de concentration le délicieux parfum de lys et de chevelure mouillée qui montait à ses narines.

— Venez. Essayons de trouver un endroit plus tranquille.

En quelques enjambées, il traversa le vestibule et ouvrit une porte qui, fort heureusement, donnait sur un bureau désert.

Lorsqu'il s'effaça pour laisser entrer Alissa, il ne put s'empêcher de laisser son regard s'attarder sur sa silhouette aux proportions parfaites, sur le balancement de sa croupe moulée par la jupe étroite.

Même dans ce tailleur détrempé, les cheveux collés par la pluie, le teint blême après le choc qu'elle avait reçu, elle était fascinante.

Quoi qu'il en soit, Alissa Scott n'était nullement son type. Elle avait beau avoir des jambes de rêve, son allure de Vénus miniature à la crinière rousse ne lui convenait en rien. Ni, surtout, son impudence et sa réputation compromise. Lui appréciait les brunes au sourire de madone et au tempérament docile.

Alissa contempla la pièce.

— Où sommes-nous ? Je ne suis pas sûre que nous ayons le droit de nous installer ici.

Dario haussa les épaules et ferma la porte derrière lui.

— Peu importe. Au moins, nous serons au calme.

Les yeux écarquillés, Alissa fit mine de rétorquer mais se ravisa.

Très bien, songea Dario avec satisfaction. Il était temps qu'elle apprenne à se plier à ses requêtes. Cela faciliterait grandement les choses.

— Votre futur époux…

— Qu'est-il arrivé à Jason ? Est-ce que vous l'avez vu ?

Il perçut clairement la note d'inquiétude dans la voix d'Alissa. Après tout, la cupidité n'était peut-être pas la seule motivation de cette union… Le désir pouvait-il aussi y avoir sa part ? Le visage de Jason Donnelly lui revint à l'esprit. L'individu n'était pas dépourvu d'une certaine beauté, mais il manquait singulièrement de caractère. Etait-ce le genre d'homme auquel elle trouvait du charme ?

Curieusement, cette idée le dérangeait.

Il se rappela à l'ordre : savoir ce qui faisait craquer cette femme était le cadet de ses soucis ; si ce n'est qu'il comptait bien utiliser ses points faibles à son propre avantage…

— Jason Donnelly et moi nous sommes rencontrés cet après-midi, l'informa Dario.

— Il va bien ? Que lui est-il arrivé ?

Avec un frémissement de plaisir, il se remémora la façon dont son entretien avec Donnelly s'était déroulé — exactement selon ses plans…

— Votre Jason se porte comme un charme. Quoiqu'il ne soit désormais plus à proprement parler *votre* Jason.

Alissa fronça les sourcils.

— Je ne comprends pas.

— M. Donnelly ne souhaite plus vous épouser.

— Mais pourquoi ? Et pourquoi ne pas me le dire lui-même ? Quel besoin avait-il de me faire prévenir par un étranger ?

— Ce n'est pas lui qui m'envoie. Je suis venu de moi-même.

Elle ouvrit de grands yeux, et s'appuya contre le bord du bureau.

— Ecoutez : dites-moi simplement de quoi il retourne. Je ne comprends rien à vos insinuations.

— M. Donnelly a reçu une proposition bien plus avantageuse. Une proposition qu'on ne saurait refuser. Il a donc décidé de renoncer à ce mariage.

— Quel genre de proposition ? Une autre demande en mariage ?

Dario s'avança et vint se planter devant Alissa, jambes écartées, les mains enfoncées dans les poches. Il entendait bien savourer pleinement cet instant de triomphe.

— Je parle d'une offre financière, bien entendu. C'est le seul langage que lui et vous comprenez.

Rivant ses yeux à ceux d'Alissa, Dario vit ses pupilles se dilater et prendre une teinte plus sombre. Elle entrouvrit la bouche, révélant une rangée de dents impeccables et la pointe d'une langue rose.

Dario se demanda comment Alissa Mangano — ou plutôt Alissa Scott — parvenait à demeurer sexy tout en ayant l'air interloquée. Cette bouche pleine, pulpeuse, était une véritable sollicitation muette, qui faisait naître un frisson de désir au creux de ses reins.

Il serra les mâchoires. Rien n'était possible entre lui et cette femme. Ses principes le lui interdisaient.

Alissa se redressa. Tout signe d'accablement disparut de son attitude. Les mains sur les hanches, affirmant une féminité pleine de morgue, elle avança vers lui un menton belliqueux.

— De quelle offre financière parlez-vous ? Et qui la lui a faite ?

Dario ne put réprimer un petit sourire satisfait.

— C'est moi. Je lui ai proposé une somme suffisante pour qu'il renonce à l'idée de vous épouser.

La transaction avait été d'une effarante simplicité. Si ces deux-là étaient amants, il n'y avait pas entre eux la moindre loyauté : Donnelly avait sauté sur l'occasion de se procurer sur-le-champ une somme confortable en espèces.

Les joues d'Alissa s'enflammèrent, des étincelles s'allumèrent dans ses prunelles. Sa physionomie retrouvait toute sa vivacité, et elle n'en était que plus belle.

— Pourquoi auriez-vous fait une chose pareille ?

Elle fit un pas vers lui, comme pour mieux observer son visage, et arrima son regard au sien.

Malgré lui, Dario ne put s'empêcher d'être impressionné par l'aplomb de la jeune femme. Il avait plutôt l'habitude d'intimider ses interlocuteurs. Ce n'était pas le cas avec Alissa.

Mais elle ne savait pas encore à qui elle avait à affaire.

— Parce qu'il était en travers de mon chemin. Et parce que ce n'est pas lui que vous allez épouser. C'est *moi*.

2.

Alissa frissonna et referma ses bras sur elle, en un instinctif geste de protection. Les yeux levés vers le petit sourire suffisant de l'inconnu au superbe visage, elle sentit le sol se dérober sous ses pieds.

Etait-il sérieux ?

Aussi incroyable que cela paraisse, il semblait absolument persuadé de ce qu'il avançait.

— Mais qui diable êtes-vous ?

Le murmure rauque qui avait franchi ses lèvres était à peine audible, même dans le calme de la pièce.

Pendant quelques interminables secondes, un silence lourd les sépara comme deux duellistes en joue.

— Je suis Dario Parisi.

Ce nom sonna comme un glas aux oreilles d'Alissa. Comment n'avait-elle pas deviné plus tôt ?

Ce léger accent italien, ce visage à la sidérante beauté, cette arrogance, cette allure à l'élégance discrète que seule procure la fortune.

La haine dans ses yeux.

Mais comment aurait-elle pu imaginer Dario Parisi capable de traverser la planète juste pour l'affronter ?

Alissa se mordit la lèvre pour essayer d'en contenir le tremblement. Le feu qui brûlait dans les prunelles sombres de Dario était aussi dévorant que devaient l'être les flammes de l'enfer. Elle n'ignorait pas que cet homme était incapable de pitié, ni de la moindre noblesse de sentiments. Dangereux, implacable et cruel, voilà ce qu'il était. La presse internationale se repaissait à loisir de son insensibilité, en affaires comme en amour. Il était réputé pour écraser sans scrupule tous ceux qui se mettaient en travers de sa route. Ainsi que pour collectionner les somptueuses maîtresses, dont il se débarrassait à peine les avait-il conquises.

— Je suis heureux de constater que vous n'avez pas oublié mon nom.

La note de sarcasme dans la voix aux intonations traînantes fit grimacer Alissa.

Comment aurait-elle pu l'oublier ?

Pas un jour ne s'était écoulé sans que son grand-père ne le prononce, résolu qu'il était à la voir épouser cet homme. Pendant des années, elle n'avait cessé d'entendre vanter les mérites de Dario Parisi. Elle s'était toujours opposée aux visées de son grand-père la concernant, et il ne se gênait pas pour proférer à son encontre les pires menaces.

Luttant désespérément pour réprimer les spasmes qu'elle sentait monter en elle, Alissa avait l'impression qu'une énorme araignée noire se promenait de haut en bas le long de sa nuque. Elle serra les dents et se redressa, dans un effort surhumain pour recouvrer son calme.

Après tout, que lui importait le pouvoir de Dario Parisi ?

Il avait beau être riche, déterminé, impitoyable, il n'était qu'un homme. Et il n'avait aucun droit sur elle.

Elle mit un point d'honneur à soutenir son regard accusateur.

— Pourquoi ne pas m'avoir dit immédiatement qui vous étiez ? Par goût du mélodrame ? Etais-je censée m'évanouir à la seule mention de votre nom ?

C'était pourtant ce qui avait bel et bien failli arriver ! pensa Alissa. Son cœur battait à tout rompre, et ses nerfs étaient tendus à craquer.

Elle vit Parisi se rembrunir, et se félicita d'avoir réussi à ébranler son aplomb.

— A vrai dire, répliqua-t-il cependant avec flegme, il n'est guère surprenant que vous n'ayez pas oublié le nom de celui auquel vous étiez promise.

— Nous n'avons jamais été…

— Oh, si, Alissa !

Il avait prononcé son prénom d'une voix suave, avec une lenteur calculée qui avait donné à ces trois syllabes des accents étonnamment provocants.

— Les choses étaient convenues, reprit-il avec une morgue glaciale.

— Sans mon accord, en tout cas ! lança-t-elle en se redressant de toute sa taille, le regard vrillé à celui de son adversaire. La femme a quand même le droit de s'exprimer en pareilles circonstances.

Dario Parisi haussa ses larges épaules dans un geste à la virilité très italienne, qui eut le don d'irriter Alissa.

— Pas nécessairement, murmura-t-il.

Elle écarquilla les yeux. *Pas nécessairement !* Cette réplique lui ressemblait bien : il était aussi manipulateur, autoritaire et machiste que l'avait été son grand-père. Pourtant Parisi n'avait guère plus de trente ans. La Sicile ne produisait-elle donc que ce genre d'hommes, à l'ego surdimensionné et au machisme insolent ?

— Sachez que, de nos jours, les femmes ont tout autant leur mot à dire que les hommes lorsqu'il s'agit de mariage. Et je n'avais aucune envie de vous épouser.

Une lueur meurtrière illumina le regard glacial de Parisi.

— Parce que vous imaginez que moi, j'en avais *envie* !

Sa voix s'était faite plus sourde, seul signe d'une émotion que démentait la rigidité de son maintien.

— Vous pensez que j'ai pu, un jour, désirer me lier à une Mangano ? reprit-il à travers ses lèvres serrées en une moue dédaigneuse. Que je voudrais d'une épouse née de cette lignée corrompue ? Une enfant gâtée, dotée d'un insupportable penchant pour les provocations les plus irresponsables…

Dario s'obligea à s'interrompre avant d'aller plus loin dans ses accusations.

— Vous savez très bien pourquoi je me suis résolu à ce mariage, conclut-il. Ce n'est nullement par désir d'avoir une femme telle que vous.

Tout en essayant de lisser les plis de sa jupe humide, Alissa prit une petite inspiration, vaine tentative pour retrouver un peu de son assurance envolée. Au moins, après un tel discours, elle ne pouvait se faire d'illusions sur les sentiments que lui vouait Dario Parisi !

— Je le sais. Tout ce que vous vouliez c'est le domaine en Sicile que je vous aurais apporté en dot. Un château en ruines et des vignes envahies par les ronces.

Comment pouvait-il attacher tant de prix à un vieux tas de pierres et à quelques arpents de terre ? Au point même d'accepter un mariage arrangé avec une femme qu'il n'avait jamais rencontrée. Au point de collaborer avec Gianfranco Mangano, l'individu qu'il détestait le plus au monde.

Dario Parisi était un magnat des affaires, qui disposait d'une fortune colossale. Et pourtant, il voulait toujours plus. Son grand-père avait montré la même avidité. L'un et l'autre s'étaient affrontés en une rivalité sans merci pour la possession de ce domaine. Et elle avait servi d'instrument dans cette âpre querelle.

Elle vit Dario serrer les mâchoires au point que les veines de son cou devinrent apparentes, seuls signes de son combat intérieur pour contenir sa fureur. Son visage demeura impassible, et son regard indéchiffrable.

Manifestement, il était doté d'un tempérament ombrageux. Cependant, il faisait montre d'une totale maîtrise de lui-même. En de pareilles circonstances, Alissa n'ignorait pas que son grand-père se serait déchaîné contre elle, incapable qu'il était de supporter qu'on lui tienne tête.

— Ainsi, vous avez réussi à acheter Jason…, déplora-t-elle.

— Votre petit ami n'a pas été très difficile à convaincre. Il ne semble pas faire grand cas de vos… charmes.

Ses charmes ! Dario n'avait-il donc pas compris que Jason était homosexuel ?

Alissa fit quelques pas pour tenter d'échapper au regard de braise qui la transperçait.

— Et vous avez fait tout ce chemin depuis la Sicile juste pour empêcher mon mariage ? Comme vous devez haïr les Mangano !

Dario haussa les épaules ; cette fois, elle ne lut aucune désinvolture dans son geste.

— Votre famille a lésé la mienne de ce qui lui appartenait. J'ai été dépouillé de ce qui me revenait de droit : non seulement mon domaine patrimonial, mais également les opportunités dont j'aurais dû jouir. Avez-vous jamais eu conscience de cela quand vous vous prélassiez dans le luxe ? Pensiez-vous parfois à ceux qui avaient été sacrifiés sur l'autel de votre confort ?

Les yeux gris sombre de Dario avaient pris des reflets métalliques. Ceux d'une dague tirée de son fourreau…

Alissa ouvrit la bouche pour lui expliquer qu'auprès de son grand-père, elle n'avait connu ni luxe ni confort, mais plutôt la crainte et les châtiments. Pourtant, il en douterait. La demeure du vieil homme était la plus majestueuse de toute la région. Dario ne croyait certainement que ce qu'il voyait.

De même, les gens du pays avaient préféré voir en Gianfranco l'image d'un vieil homme généreux, prodigue d'attentions envers ses petites-filles. Comment auraient-ils pu admettre que ce pilier de la société n'était qu'un vieillard sadique et avare, capable de dépenser sans compter pour asseoir son prestige tout en condamnant ses héritières au pain sec et à l'eau à la moindre incartade.

— Eh bien ? lança Dario. Vous n'avez rien à répondre ?

Alissa leva la tête pour croiser ce regard qui la foudroyait par-dessous des paupières plissées. La tension noua son estomac.

— Je ne suis pas responsable des actes de mon grand-père.

— Ainsi, vous reconnaissez le mal qu'il a fait ?

Tremblante, les lèvres serrées, les mains nouées jusqu'à en avoir les jointures blanchies, Alissa se remémora les forfaits du vieil homme.

Comment les oublier ?…

Lentement, elle s'obligea à desserrer les doigts. Le passé était le passé. C'était grâce à cette certitude qu'elle avait réussi à reconstruire sa vie et celle de Donna.

— Il a commis bien des méfaits. Peut-être expie-t-il ses fautes, à l'heure qu'il est.

La perspective de sa mort prochaine avait suffisamment terrifié Gianfranco Mangano pour le décider à léguer tous ses biens à l'Eglise, dans un ultime effort pour racheter ses fautes. Il n'avait gardé que le domaine en Sicile. Dont il avait essayé de se servir pour la manipuler une dernière fois…

— N'attendez pas de moi que j'endosse sa culpabilité, enchaîna-t-elle en défiant Parisi du regard.

— Vous cherchez quelque chose ?

La voix, aux intonations clairement désapprobatrices, fit pivoter Alissa. Depuis la porte, une femme en tailleur bleu marine les fusillait du regard. Prête à s'excuser de leur intrusion, Alissa fut devancée par Dario : il écarta les mains d'un air désolé, et un large sourire illumina son visage.

— *Chiedo scusa.* Je sais que nous n'aurions pas dû entrer ici.

Alissa cligna des yeux. Lorsqu'elle les rouvrit, la métamorphose qui s'était opérée sur les traits de Dario était toujours aussi frappante.

Son expression, à la sévérité despotique quelques

secondes plus tôt, respirait à présent le charme et la gentillesse. Dans ses yeux brillait une lueur de complicité repentante. Et ce sourire…

Même si elle détestait l'admettre, Alissa devait reconnaître qu'il le rendait terriblement… *sexy*. Si elle n'avait pas su à qui elle avait affaire, elle aurait pu trouver Dario Parisi merveilleusement séduisant. Il était bien plus dangereux qu'elle ne l'avait imaginé ! Doté comme il l'était d'une personnalité d'airain, ainsi que d'une détermination sans faille, il avait de quoi inquiéter. Mais s'il ajoutait à cela ce charme qui faisait battre plus vite le cœur d'Alissa, il valait mieux qu'elle soit sur ses gardes…

Pour sa part, l'employée qui les avait surpris ne montrait pas la moindre méfiance. Sa moue renfrognée avait laissé place à un sourire extatique, et elle écoutait complaisamment Dario lui débiter des explications dans un anglais ponctué d'expressions italiennes.

Ce n'est que lorsqu'elle saisit les mots « ma fiancée », et le vit s'approcher d'elle, qu'Alissa prêta plus attention à la teneur de ses boniments.

D'un bond, elle s'écarta de lui.

Il expliqua qu'ils avaient eu une querelle d'amoureux, et avaient eu besoin d'un endroit tranquille pour discuter. Evidemment, le coup d'œil furieux qu'elle lui décocha ne pouvait que confirmer ce scénario.

Avant même qu'elle ait le temps de rétablir la vérité, la femme s'excusait de devoir les chasser de son bureau, où elle avait à s'atteler à une tâche des plus urgentes. Incroyable !

— Non, non, ne vous excusez pas, fit mine de protester Dario. Nous ne vous avons que trop dérangée.

Il se tourna vers Alissa, avant d'ajouter :

— Viens donc, *cara*.

D'un signe de tête, Alissa prit congé de l'employée, qui leur souriait d'un air attendri. Puis elle se dirigea avec raideur vers la porte. Le contact de la main que Dario avait posée au creux de ses reins, dans une attitude de sollicitude possessive, lui fit hâter le pas.

Au-dehors, la pluie s'était apaisée. Alissa ne ralentit pas l'allure tandis qu'ils descendaient les marches de l'hôtel de ville. Malgré tout, la présence de Dario à ses côtés ne laissait pas de la troubler.

Il était vraiment exaspérant ! Par ailleurs, il représentait une indéniable menace.

Pourtant, elle ne pouvait ignorer le léger frisson que lui procurait le fait de sentir le corps mince et élancé de Dario l'escorter de si près. Devenait-elle folle ?

— Nous y sommes, *fidanzatina mía.*

— Je ne suis pas votre « petite fiancée » !

Au comble de l'indignation, Alissa avait rétorqué d'un ton sans appel. Ses connaissances en italien avaient beau être un peu rouillées, elle n'en demeurait pas moins capable de comprendre ce qu'avait dit Dario.

— Inutile de poursuivre votre petit numéro, enchaîna-t-elle, nous sommes seuls.

Dario s'était arrêté devant une limousine garée en stationnement interdit. D'un geste, il lui fit signe de monter dans la voiture aux vitres teintées, dont un chauffeur au garde-à-vous tenait la portière ouverte. Malgré son uniforme, l'homme avait tout d'un garde du corps.

— Il est hors de question que je vous accompagne, s'offusqua-t-elle.

— Nous avons des choses à mettre au point, vous et moi. Ne l'oubliez pas !

Son visage demeurait impassible, mais sa voix laissait percer une impatience à peine contenue. Par ailleurs il n'avait pas tout à fait tort : même si elle aurait préféré ne plus jamais revoir cet homme, Alissa savait pertinemment que cela lui était impossible. Elle sentit l'abattement la gagner. Elle n'avait pas le choix…

— Très bien, acquiesça-t-elle. Il y a un café tout à

fait convenable à l'angle de la rue. Nous y trouverons certainement une table tranquille.

Sans mot dire, Dario l'examina comme s'il se trouvait en présence d'un spécimen inconnu. Et c'était peut-être ce qu'elle était pour lui, après tout ? Bien rares devaient être celles qui n'obtempéraient pas à ses exigences.

— *D'accordo*, je vous suis.

Il lui fit signe d'avancer, puis échangea rapidement quelques mots avec son cerbère.

« C'est moi que vous allez épouser. » Les paroles de Dario résonnèrent dans la tête d'Alissa tandis qu'ils se dirigeaient vers le café. Elle s'était obstinément refusé à y penser depuis qu'il les avait prononcées.

Etait-ce possible ? Etait-ce vraiment la raison de sa présence en Australie ? Etait-il venu exiger qu'elle l'épouse ?

Un frisson d'appréhension la secoua. Elle serra les bras contre sa poitrine. Epouser Dario Parisi… Le sort qu'elle avait si farouchement refusé.

Dieu sait que son grand-père lui avait fait chèrement payer sa détermination ! Il ne lui avait jamais pardonné de s'opposer au projet qu'il fomentait d'unir leurs deux familles. La seule raison qui avait dissuadé Alissa de s'enfuir à ce moment-là avait été Donna. Sa jeune sœur n'avait pas encore atteint l'âge légal pour pouvoir partir avec elle ; et pour rien au monde Alissa ne l'aurait laissée entre les griffes du vieillard.

— Vous allez être trempée.

La voix aux sonorités profondes s'insinua dans ses pensées et l'arracha à ses souvenirs. Alissa reprit pied dans la réalité, tandis que Dario déployait au-dessus d'eux un immense parapluie.

Seuls quelques centimètres les séparaient. Elle percevait la chaleur de son corps contre son épaule, le long de son bras, de sa hanche, de sa cuisse. Comme anesthésiée, elle sentait émaner de lui une aura de virilité qui affolait toutes ses terminaisons nerveuses. Son pouls s'accéléra, en même temps que son pas.

A l'abri du parapluie qui les protégeait de la violence de l'averse, ils partageaient une intimité qui n'était qu'illusoire. Elle ne devait pas se laisser abuser par l'attitude protectrice de Parisi. Cet homme n'avait rien d'un bienfaiteur !

— Je vous remercie, finit-elle par murmurer lorsqu'ils s'arrêtèrent devant le café. Pour le parapluie.

Dans le regard que Dario posa alors sur elle, il n'y avait plus trace de colère, ni même d'impatience. L'estomac noué, Alissa vit briller au fond de ses prunelles comme une lueur inquisitrice. Et quelque chose qui ressemblait à un désir jaloux de possession…

Non ! Elle détourna brusquement la tête. Elle s'était trompée : il n'y avait rien dans le regard de Dario Parisi. Il ne pouvait rien y avoir. Il ne *devait* rien y avoir.

Surtout pas du désir…

Sans même l'attendre, elle se précipita sous l'auvent de toile puis s'engouffra dans le café.

Dario secoua son parapluie et suivit Alissa. Il la vit échanger quelques mots avec le serveur avant de s'installer à une table isolée, en prenant soin de se placer dos au mur. Ainsi, elle se sentait en danger… Elle montrait malgré tout un certain bon sens.

Il salua le garçon d'un signe de tête et traversa nonchalamment la salle, s'amusant de voir Alissa écarquiller les yeux à son approche.

De toute évidence, elle n'avait jamais pris la peine de chercher à quoi il pouvait bien ressembler. Sa surprise, en le découvrant en chair et en os, avait été clairement perceptible. Dario avait l'habitude d'être regardé avec ce mélange de promesse tacite, d'envie et de culpabilité. De fait, et même si elle s'était efforcée de le cacher, Alissa avait eu la même réaction que la plupart des femmes.

Voilà qui était bon à savoir… Après tout, traiter avec la récalcitrante Mlle Scott ne serait peut-être pas dénué de gratifications inattendues.

Il prit place en face d'elle. Lorsqu'il étendit ses longues jambes sous la table, elles frôlèrent celles d'Alissa, qui recula comme si elle avait reçu une décharge électrique.

Dario se fit la leçon : perdait-il la tête ? Alissa Scott était ravissante, mais il n'allait pas s'abaisser à séduire une femme dans son genre. Il n'avait aucun goût pour les filles faciles.

Le garçon vint prendre leur commande.

— Un expresso, marmonna Dario, le regard rivé aux grands yeux bleus d'Alissa. Et… ?

— Un chocolat chaud.

Lorsqu'il haussa les sourcils, elle rajouta à voix basse :

— Je n'ai pas besoin d'excitant.

Dario s'étonna de cette remarque, même s'il n'en laissa rien paraître. Cela signifiait-il qu'elle avait déjà pris quelque chose ? Non, elle semblait tout à fait à jeun. Il l'avait bien observée, et rien ne laissait supposer qu'elle soit sous l'effet d'une quelconque drogue.

Il fut frappé par sa pâleur. Etait-ce le stress ? Le choc ? La contrariété de voir que son vénal projet avait échoué ? Ce n'était pas lui qui allait la plaindre !

Un lourd silence s'installa.

Dario n'était nullement pressé de le rompre : c'était une arme dont il savait se servir pour déconcerter ses adversaires. Et puis, quel besoin avait-il d'accélérer les choses ? C'était joué d'avance. Autant la laisser sur le gril un petit peu plus longtemps.

Cependant, il fut surpris de voir qu'Alissa restait maîtresse d'elle-même. Elle ne semblait pas facilement intimidée — alors qu'il aurait juré qu'elle n'avait pas beaucoup de force de caractère.

Le garçon posa leurs consommations sur la table. Dario regarda Alissa prendre sa tasse au creux de ses mains. Les yeux fermés, elle inspira avec ravissement le fumet du chocolat brûlant. Il n'en fallut pas plus à Dario pour imaginer cette bouche en cœur exhalant des soupirs suscités par un tout autre plaisir, tandis que ces mains fines caresseraient…

Ce fut comme si un poignard le transperçait. *Porca miseria !* Il n'avait pas le droit de se laisser aller à ce genre de fantasmes. Pas avec cette femme !

— Comptez-vous essayer de me déstabiliser encore longtemps par votre silence ? questionna-t-elle d'une voix sourde. Ou allez-vous enfin en venir au fait ?

Ses yeux bleu azur étaient plongés dans les siens. Elle eut une petite moue ironique, qui cherchait à contredire la tension perceptible dans son attitude. En définitive, c'était une battante.

— Vous savez très bien pourquoi je suis là, rétorqua-t-il.

Alissa posa sa tasse, mais garda les mains nouées autour, comme si elle avait besoin de sa chaleur.

— Le domaine en Sicile.

— Le Castello Parisi.

A en prononcer le véritable nom, Dario sentit la fierté l'envahir.

— Vous le voulez.

Elle avait prononcé ces mots d'un ton neutre, ne laissant rien transpirer de ses sentiments.

— Cela vous étonne ?

— Non. Vous avez suffisamment harcelé mon grand-père à ce sujet.

— Harcelé !

Dario se pencha par-dessus la table, jusqu'à faire reculer Alissa. Elle ouvrit des yeux effrayés, mais il n'était pas prêt à se laisser attendrir.

— Je vous rappelle que j'ai offert un prix plus qu'honorable pour quelque chose qui m'appartient légitimement.

Quelque chose que ce vieux bandit a volé aux miens. Le berceau de ma famille.

Ce qui le faisait bouillonner n'avait plus rien à voir avec du désir : c'était de la fierté outragée, et un désir ardent de justice. Sa réussite financière et professionnelle lui apparaîtrait dérisoire tant qu'il n'aurait pas remis la main sur le *castello.* C'était le joyau qui viendrait apporter la touche finale à sa fortune. Le domaine représentait tout son passé, le souvenir de sa famille aujourd'hui éteinte. Ce serait sa demeure.

Sans lui, il n'était rien.

A ses yeux, il devait le reprendre pour se prouver qu'il méritait de porter son illustre patronyme. Il en avait fait la promesse à son père sur son lit de mort. Jamais, il ne trahirait ce serment.

— Je connais toute l'histoire, affirma Alissa d'un ton las. Mon grand-père a acheté la propriété à votre famille lorsque celle-ci traversait des temps difficiles. Il avait promis de la leur revendre lorsque leurs finances se seraient rétablies.

— Il nous en a donné une bouchée de pain !

La haine qu'il ressentait pour Gianfranco Mangano, l'homme qui avait détruit la famille Parisi, fit monter une poussée d'adrénaline dans les veines de Dario.

— Vous a-t-il aussi raconté que ce furent ses machinations malhonnêtes qui nous conduisirent à la ruine ? Qu'il s'était acharné à anéantir ceux-là même qu'il avait autrefois considérés comme des amis ?

Il n'attendit pas sa réponse. Et poursuivit, animé par sa rage :

— Est-ce que vous pouvez imaginer à quel point cela m'a coûté de devoir négocier avec cet homme ? En d'autres temps, je me serais contenté de lui arracher ce qu'il nous avait pris.

— Par la force ?

Alissa sonda le regard gris acier de Dario. Comment

avait-elle pu imaginer, quelques instants auparavant, y voir quelque chaleur ? Il n'y avait dans ces yeux que l'éclat glacé de la haine. Elle frissonna, tandis qu'une terrible appréhension lui nouait la gorge.

— Je suis un honnête citoyen, se défendit Dario.

Pourtant son expression disait assez qu'il aurait pris grand plaisir à se venger lui-même du vieil homme. Dario et Gianfranco étaient du même bois.

Le souffle court, Alissa lutta pour reprendre son calme. L'ennemi de son grand-père ne pouvait rien contre elle. Pourtant, elle sentit son pouls s'affoler lorsqu'elle le vit tirer un document de sa poche et le déplier sur la table.

— Qu'est-ce… qu'est-ce que c'est que ça ? articula-t-elle avec peine.

— Il ne manque plus que votre signature pour que nous puissions le déposer aujourd'hui, se contenta-t-il de répondre en lui tendant un stylo en or.

D'un air méfiant, Alissa se pencha sur le papier.

Elle ne put réprimer un haut-le-cœur : il s'agissait d'un exemplaire identique à celui que Jason et elle avaient signé peu de temps auparavant.

Mais, cette fois, les deux noms qui y étaient portés étaient le sien et celui de Dario.

« Alissa Serena Scott et Dario Pasquale Tommaso Parisi. »

3.

— Vous n'y pensez pas ! s'exclama Alissa en dévisageant Dario.

Pourtant, il n'y avait pas le moindre doute : il était bel et bien décidé à l'épouser. Ou plutôt à épouser le domaine dont elle avait hérité.

Elle eut un moment d'abattement.

Après des années passées à résister aux machinations ourdies par son grand-père, n'avait-elle au final pas d'autre solution que de se plier aux exigences de ce dernier ? Allait-elle prendre pour époux un homme tout aussi redoutable que le vieux tyran qui avait fait de sa vie un enfer ?

— Inutile de minauder ainsi, murmura Dario d'une voix rauque. C'est tout à fait charmant, mais vous ne m'attendrirez pas avec votre prétendue fragilité féminine. Vous aviez le choix. C'est vous qui m'avez poussé à cette extrémité.

Alissa se redressa.

— C'est *moi* que vous rendez responsable de ce gâchis ?

— Nous aurions pu nous marier voici des années, au moment où j'avais fini par accepter la suggestion de Gianfranco.

Dario avait bien compris alors que c'était la seule manière de rentrer en possession du domaine familial. Alissa avait refusé avec l'énergie du désespoir. Elle avait d'ailleurs chèrement payé son obstination. Distraitement, elle se frotta le poignet. Mais elle interrompit ce geste machinal en voyant que Dario l'observait intensément.

— Je suppose que vous aviez moins besoin d'argent à l'époque, enchaîna-t-il. Votre grand-père était encore là pour vous gâter.

Alissa faillit éclater de rire, tant cette idée était saugrenue.

— Peut-être était-ce tout simplement au-dessus de mes forces…

Si seulement elle parvenait à entamer un tant soit peu l'incroyable assurance de Dario. Mais tout ce qu'elle réussit à lui arracher fut une sorte de grimace amusée.

— Notre union ne sera rien d'autre qu'un arrangement commercial, précisa-t-il. Tout romantisme en sera exclu. Vous vous doutez bien que je n'ai pas envie d'épouser une femme comme vous.

Il affichait un demi-sourire dédaigneux qui glaça Alissa jusqu'au sang. Sous son apparente nonchalance, il n'était pas difficile de deviner sa détermination inflexible. Elle avait l'impression qu'un piège se refermait sur elle.

Impitoyable. Tel était Dario Parisi.

Par-dessus la table, il s'inclina vers elle. Tout sourire avait disparu de son visage.

— Vous auriez dû accepter l'offre que je vous ai faite tout de suite après la mort de votre grand-père. Si vous m'aviez épousé alors, nous aurions divorcé sans tarder et je vous aurais alloué une somme confortable en échange de votre part du domaine.

A cette époque, Alissa ne voulait pas de cet héritage. De plus, les conditions de Dario ne lui convenaient pas : il ne lui avait pas été difficile de rejeter son offre. Peu lui importait l'argent qui était en jeu.

— Je ne voulais pas du domaine à ce moment-là.

— Dites plutôt que vous envisagiez de contester le testament pour ne pas avoir à partager avec l'homme que votre grand-père vous forçait à épouser ! La cupidité est un trait de famille.

— Cela vous va bien de dire ça !

Dans une attitude de défi, Alissa se pencha jusqu'à n'être plus qu'à quelques centimètres de Dario. Des effluves épicés — mélange d'odeur virile et de parfum aux agrumes — vinrent chatouiller ses narines.

Leurs regards s'affrontèrent.

Soudain, une alarme se déclencha dans la tête d'Alissa.

A sentir cet homme si proche d'elle, tous ses sens se mirent en alerte. Son cœur battait furieusement dans sa poitrine, et un picotement la parcourut des pieds à la tête.

Avant qu'elle n'ait eu le temps de s'écarter, deux grandes mains emprisonnèrent les siennes, les retenant captives sur la table.

Ce fut comme si une traînée de feu encerclait ses poignets…

Bouleversée par l'effet de ses longs doigts fins sur sa peau, par la beauté sombre de son visage de glace, Alissa eut un mouvement brusque pour essayer de libérer ses mains.

En vain : Dario ne relâcha pas son étreinte.

De loin, ils devaient donner l'illusion d'être un couple d'amoureux.

— Vous avez aussi hérité de la haine ancestrale des Mangano envers ma famille, reprit-il. Vous êtes prête à tout pour me déposséder de mon bien.

— Non. Au début, je ne voulais pas de cet argent.

Pas jusqu'à ce qu'il devienne indispensable pour faire soigner Donna.

— Ne mentez pas ! Vous avez toujours vécu dans l'aisance, et vous avez du mal à vous débrouiller seule maintenant que le vieux est mort. Ça a dû être un choc de découvrir qu'il avait laissé l'essentiel de sa fortune à des bonnes œuvres.

Il leva un sourcil interrogateur :

— Vous vous étiez brouillée avec lui ?

— C'est un peu ça.

L'expression de Dario se durcit. De part et d'autre de sa bouche, un sillon se creusa.

— Je suis au courant de vos... habitudes. Elles sont plutôt onéreuses. Même si vous semblez vous être amendée récemment, votre passé de toxicomane prouve que vous avez des goûts dispendieux.

Alissa ouvrit des yeux effarés. Ainsi il était aussi au courant de *ça* ! Aux souvenirs que la remarque de Dario faisait surgir en elle, elle sentit son estomac se contracter. Mais ce qui lui mit véritablement le cœur au bord des lèvres, c'était le mépris qu'affichait ouvertement cet homme, qui prétendait malgré tout l'épouser.

Fallait-il qu'il désire ce maudit domaine !

Elle faillit protester qu'elle n'avait jamais pris de drogue de sa vie, mais c'était impossible. Une seule personne savait la vérité : celle-là même qu'Alissa s'était juré de protéger, dût-elle y sacrifier sa réputation. Elle n'avait pas hésité à endosser toute la responsabilité et à en accepter les conséquences. Il était trop tard pour réécrire l'histoire. De plus, Dario Parisi ne la croirait jamais.

— Vous avez fait faire une enquête à mon sujet ?

Dario fit glisser son pouce sur le dos de la main d'Alissa, en un simulacre de caresse. Elle ne put s'empêcher de frissonner, réaction incontrôlée qui la contraria grandement.

— Même pour rentrer en possession de mon bien, je ne m'engagerais pas dans quelque chose d'aussi sérieux que le mariage sans tout savoir de mon épouse.

Il avait appuyé sur le dernier mot d'un air entendu qui mit les nerfs d'Alissa à fleur de peau. Brusquement, elle eut l'impression d'étouffer.

Il fallait qu'elle se reprenne !

Cependant, ses efforts pour libérer ses mains de l'emprise de celles de Dario demeuraient sans effet. Pour mettre fin à son inquiétant silence, elle se risqua à le questionner.

— Pourquoi avoir attendu le dernier moment pour soudoyer Jason ?

— Oh mais je n'ai pas attendu le dernier moment ! J'ai pris contact avec M. Donnelly dès que vous avez déposé les documents pour votre mariage.

Alissa resta muette de stupéfaction en comprenant la manœuvre retorse de Dario. En Australie, il ne peut légalement s'écouler moins d'un mois entre le dépôt du dossier à la mairie et la date du mariage. Or, si Alissa n'était pas mariée dans les trente jours, elle perdrait l'héritage. Depuis la défection de Jason, il lui fallait donc, pour rester dans les délais, déposer un nouveau dossier… ce jour !

— C'est pour cela que vous vouliez que Jason ne me fasse faux bond qu'aujourd'hui, continua-t-elle comme pour elle-même. Pour m'interdire toute solution de repli…

— A moins que vous ayez un autre atout dans votre manche : un époux de substitution.

Il s'interrompit et caressa le poignet d'Alissa d'un doigt paresseux. Elle sentit son pouls s'accélérer et serra les dents.

Contre qui était-elle le plus furieuse ? Contre lui ou contre son propre corps, qui la trahissait alors même qu'elle aurait dû demeurer insensible aux avances perfides de son ennemi.

— Vous connaissez quelqu'un d'autre qui puisse signer ce document avant la fermeture du bureau des mariages ?

L'ironie avec laquelle il avait posé cette question fit sortir Alissa de ses gonds :

— Vous n'êtes qu'une arrogante crapule !

— Allons, allons, Alissa. Est-ce là une façon de parler à celui qui va vous permettre d'arriver à vos fins ?

Le regard appuyé qu'il promena sur elle était si provocant qu'Alissa n'y tint plus.

— Lâchez-moi ! Immédiatement.

Elle n'avait pas eu besoin d'élever la voix : la fureur

vibrait tellement dans chacun de ses mots que Dario desserra son étreinte.

Alissa retira ses mains et les posa sur ses genoux, en essayant d'ignorer la chaleur que le contact des doigts de Dario avait laissée sur sa peau.

Pourquoi ne pouvait-elle se lever et quitter ce café sur-le-champ ? Elle aurait voulu ne plus jamais voir ce visage d'ange déchu, ni entendre cette voix railleuse aux intonations si troublantes ?

Mais elle avait des responsabilités auxquelles il lui était impossible de se soustraire ; certaines personnes comptaient sur elle. Glacée jusqu'aux os, elle referma les mains sur sa tasse dans l'espoir d'y trouver un peu de chaleur.

— Le testament stipule que je dois partager la vie de mon époux pendant six mois avant d'hériter.

Dario opina du chef.

— Nous divorcerons dès que nous serons en possession de la propriété. Ensuite, vous me vendrez votre part. Au prix du marché, bien sûr.

Alissa sentit son cœur s'emballer à la perspective de vivre, ne serait-ce que six mois, avec Dario Parisi.

Comment supporterait-elle de côtoyer cet homme aux yeux duquel elle ne trouvait pas grâce, mais dont le seul contact faisait naître en elle un trouble profond ?

— Cela signifie que nous devrons *vivre ensemble*, insista-t-elle.

Dario eut une moue incrédule.

— Cela vous dérange ? Vous craignez de me voir succomber à vos charmes ?

Alissa contint de justesse son indignation. Pour qui la prenait-il ? Une traînée, en plus d'une droguée ? Qu'avait-il besoin de se montrer insultant ?

Il laissa son regard errer sur sa poitrine, et Alissa sentit aussitôt une onde de chaleur courir dans ses veines. Elle serra les lèvres pour résister à l'envie de lui cracher qu'elle ne se laisserait jamais séduire par un homme tel que lui.

Une ébauche de sourire, qui n'avait rien d'amusé, flotta sur les lèvres de Dario.

— Soyez sans crainte, reprit-il. Je n'ai pas l'habitude de forcer une femme. De plus, vous n'êtes pas du tout mon genre.

Alissa se raidit sous l'affront.

— Je vous comprends, acquiesça-t-elle. Moi-même, je n'ai jamais rencontré d'homme qui m'attire aussi peu que vous.

Ce n'était qu'une dérisoire compensation, cependant Alissa ne put que se réjouir de voir Dario désarçonné. Au moins, il n'avait pas conscience qu'elle avait menti. Certes, sa personnalité n'était guère attirante ; cependant, si on voulait bien oublier ce détail, comment résister à cette bouche sensuelle, à ces longues mains, à cette musculature puissante ?…

Dario Parisi était l'homme le plus sexy qui soit.

La vie était injuste.

— Parfait ! murmura Dario, préférant ignorer la remarque blessante d'Alissa. Vous ne me plaisez pas, je ne vous plais pas, de cette façon nous éviterons toute complication.

Dès qu'il aurait obtenu ce qu'il voulait, il s'enfuirait loin d'Alissa Scott. Non seulement le sang des Mangano coulait dans ses veines, mais Dario n'ignorait pas qu'elle ajoutait égoïsme et cupidité à un tempérament dépravé.

Lorsque le *castello* lui appartiendrait, il trouverait celle qui saurait tenir à la perfection le rôle de *signora* Parisi. Elle serait élégante, douce et raffinée. Rien à voir avec cette furie aux réflexions acerbes, qui ne cessait de le défier, lui faisait perdre le fil de ses pensées et avait des effets fort perturbants sur sa virilité.

Un jour, il aurait enfin tout ce qu'il n'avait cessé de désirer au cours de ces longues années où il avait été privé de tout. A la richesse et au pouvoir viendrait s'ajouter le respect de tous. Il bâtirait une famille et verrait la chair de sa chair peupler de nouveau le berceau des Parisi.

Malgré lui pourtant, la pique que lui avait adressée Alissa ne cessait de l'obséder. Avec son physique et sa fortune, il avait l'habitude que la plupart des femmes le trouvent irrésistible. Celle-ci ne différait en rien de ses semblables : il avait vu briller dans ses prunelles l'éclat d'un appétit difficile à dissimuler. Pourquoi fallait-il que ce sarcasme l'agace à ce point, comme une écharde plantée dans sa chair ?

— Eh bien, insista-t-il, nous savons à quoi nous en tenir. Il ne pourra pas y avoir de malentendu entre nous.

Mieux valait afficher clairement ses intentions. Cette fille irradiait une telle sensualité ! Avec sa façon de balancer les hanches, ses lèvres pulpeuses, ses courbes voluptueuses — que son tailleur bon marché ne parvenait pas à dissimuler —, c'était une vraie bombe sexuelle.

Malgré tout, les ombres qui passaient dans ses yeux immenses révélaient une surprenante vulnérabilité.

Il secoua lentement la tête : il ne devait *jamais* oublier qu'elle n'était rien d'autre qu'une petite roublarde. Alissa Scott était son ennemie. Il ferait mieux de s'en souvenir.

Alissa observa longuement l'homme assis en face d'elle. *Pas de malentendu entre nous*, venait-il d'affirmer. Mais pouvait-elle lui faire confiance ?…

A priori, il la méprisait trop pour la désirer. Pourtant, si elle ne se méprenait pas, son regard la jaugeait comme savent le faire les hommes lorsqu'ils ne sont pas insensibles aux attraits d'une femme… Malgré son peu d'expérience en la matière, elle redoutait de ne pas se tromper.

Etait-il possible qu'il veuille la séduire pour venger de vieilles querelles familiales ? Mettrait-il un point d'honneur à conquérir son ennemie jurée ? Elle esquissa un sourire : décidément, elle avait l'imagination fertile !

Elle serra les paupières. Si seulement il pouvait avoir disparu lorsqu'elle les rouvrirait !

— Alissa ?

Personne n'avait jamais prononcé son prénom de la sorte, comme une caresse qui faisait monter un picotement sur sa nuque — et durcir sa poitrine…

A regret, elle ouvrit les yeux. Dario Parisi la dévisageait, avec l'attention d'un scientifique observant une espèce inconnue.

— Une transaction commerciale, avez-vous dit ? fit-elle en plissant les yeux.

Il approuva d'un signe de tête.

— Je suppose que vous avez déjà fixé l'endroit où nous vivrons ? reprit Alissa.

— Bien évidemment : vous viendrez habiter en Sicile.

— Evidemment !

Elle se demanda si Dario avait perçu la note de sarcasme dans sa voix. Probablement pas. Pour lui, rien ne la retenait en Australie. Comment aurait-il pu imaginer qu'elle avait une sœur qu'elle adorait, et pour laquelle elle se faisait tellement de souci ?

D'ailleurs, c'était là tout ce qui comptait pour elle : sauver Donna. Dût-elle cohabiter pendant six mois avec un Sicilien arrogant et retors…

Alissa baissa les yeux vers le document posé sur la table. Toutes les rubriques en avaient été renseignées. Même celles la concernant. Dario Parisi n'avait rien laissé au hasard.

C'était une folie de signer, elle le savait. Mais avait-elle le choix ?

Par ailleurs, pourquoi ne pas essayer de profiter de l'obsession de Dario à recouvrer ce qu'il considérait comme son bien ?... Elle leva les yeux vers lui et soutint son regard.

— J'accepte de signer, à la condition que vous me versiez une avance sur ma part d'héritage. Un tiers de la valeur du *castello*, le jour de nos noces.

Son cœur cognait à lui faire mal dans sa poitrine. Ses mains étaient moites.

Dario était richissime. Que lui importait l'argent ?

Pour sa part, elle n'avait qu'une hâte : faire soigner Donna. Même si les spécialistes s'accordaient à dire que ce n'était pas de la plus extrême urgence, le plus tôt serait le mieux.

— Eh bien ? ajouta-t-elle, relevant le menton d'un air de défi. Je suppose que cela ne poserait aucun problème à votre banquier.

— Aucun.

Il fixa sur Alissa un regard dans lequel brillait une haine implacable.

— Je vois que vous avez hérité de l'aptitude des Mangano à soutirer de l'argent à autrui, enchaîna-t-il en détachant chacun des mots, comme autant de flèches acérées lancées vers elle. Vous êtes très habile.

Le mépris dans sa voix était tel qu'Alissa en resta bouche bée, avec l'impression d'être devenue une sorte de vermine, une punaise ou un cafard.

Après un instant de silence, Dario reprit :

— Cependant, je ne me laisserai pas manipuler une fois de plus par votre famille. Si vous voulez plus que ce que je propose, trouvez quelqu'un d'autre.

Alissa frissonna. Sous ce regard impitoyable, les souvenirs l'assaillirent. Elle avait déjà trop tremblé de peur, exposée sans défense à la volonté implacable d'un homme qui avait la haute main sur elle.

Dario jeta un bref coup d'œil à sa montre.

— Le bureau d'enregistrement ferme dans une heure. Vous allez être hors délai.

Alissa posa les mains à plat sur ses cuisses pour les empêcher de trembler. D'un bref battement de cils, elle fit taire la voix intérieure qui lui criait qu'elle se jetait dans la gueule du loup !

— Où dois-je signer ?

Dario faisait les cent pas sur le parvis de l'hôtel de ville.

Que diable pouvait bien faire Alissa ?

Jamais auparavant il n'avait été aussi tendu avant de conclure une affaire.

Cependant, cette fois, il ne s'agissait pas seulement d'argent : sa famille, son identité même étaient en jeu. Il arrivait au terme d'une quête qui avait été le seul but de sa vie depuis de longues années. Aucun sacrifice n'avait été trop grand pour cela. Y compris se lier à une écervelée prête à se vendre pour acquérir une fortune qu'elle s'empresserait de dilapider.

Un instant, son regard fut attiré par une adolescente qui grimpa l'escalier et passa devant lui. Aussitôt un souvenir qu'il s'était si souvent efforcé d'écarter de sa mémoire lui revint.

Ce jour-là, lassé de négocier au téléphone avec Gianfranco Mangano, il s'était décidé à lui rendre visite. Le vieux filou lui avait une nouvelle fois répété que jamais le *castello* ne serait à lui s'il ne consentait à épouser sa petite-fille.

Assis dans sa voiture, après cette entrevue infructueuse, il retournait dans son esprit les solutions qui s'offraient à lui lorsqu'il avait aperçu Alissa pour la première fois. Elle était apparue dans l'ombre, se glissant furtivement dans la grande demeure.

Il se souvenait parfaitement de ses jambes fuselées, révélées par sa minijupe, montant quatre à quatre les marches du perron. De son rire de gorge, répondant certainement à une plaisanterie de son petit ami, resté dans le cabriolet. Du mouvement de sa longue chevelure, qu'elle avait rejeté d'un air canaille par-dessus son épaule. De ses petits seins, moulés par son T-shirt. De son ravissant profil.

Un désir fulgurant l'avait traversé sans que ni sa fierté ni sa raison n'y puissent rien.

Il n'avait jamais pu effacer de son esprit l'image de cette jeune et frivole beauté — Alissa devait avoir quinze ou seize ans à l'époque. Encore aujourd'hui, elle dégageait quelque chose qui faisait sourdre en lui les prémices d'un incendie. A son grand regret, d'ailleurs.

Du coin de l'œil il perçut un mouvement et fit volte-face.

Porca miseria! De qui se moquait-elle ? Les lèvres pincées, Dario sentit la moutarde lui monter au nez. Ne pouvait-elle avoir ne serait-ce qu'un soupçon d'amour-propre ? Elle allait les tourner en ridicule.

Tandis qu'Alissa gravissait les marches qui la menaient jusqu'à lui, toutes les têtes se tournèrent vers elle.

Une longue robe de satin blanc, d'où dépassait un jupon vaporeux, moulait son corps mince. Son visage était soustrait à la vue par un voile abondamment orné de dentelle.

Dario ne doutait pas qu'il dissimulât un sourire de triomphe.

— Je ne crois pas avoir mentionné que nous allions à un bal costumé !

Alissa serra les mâchoires et passa devant Dario sans le regarder. Que lui importaient ses sarcasmes ? Elle était à deux doigts de…

De quoi faire ? S'enfuir ? C'était un luxe qu'elle ne

pouvait se permettre. Cette certitude lui pesait autant que les chaînes au pied d'un bagnard.

— Bonjour Dario, lança-t-elle par-dessus son épaule. Toujours aussi aimable, à ce que je vois.

La tension lui noua l'estomac, et elle sentit son pouls s'accélérer tandis que parvenait à ses narines le parfum mâle et épicé de Dario. Il était vraiment trop déstabilisant ! Le trouble qu'elle ressentait chaque fois qu'il l'approchait la terrifiait.

Elle souleva ses jupons et gravit les marches en hâte.

— Qu'est-ce que c'est que cette mascarade ?

Dario avait posé cette question sans presque desserrer les dents et, pour aussi mal à l'aise qu'elle fût dans la robe de mariée de Donna, Alissa eut la satisfaction de constater l'agacement de son futur époux. Toute compensation à la détresse qu'elle ressentait était bonne à prendre…

— Ce n'est quand même pas la première fois que vous voyez une mariée ? railla-t-elle.

Il la dépassa et se planta devant elle, lui barrant le passage.

— Pourquoi ce déguisement ? insista-t-il d'une voix rageuse.

Alissa passa les mains sous son voile pour masser ses tempes douloureuses.

— Ma sœur n'aurait pas compris mon prochain départ pour l'Italie si je ne lui avais pas fait croire que j'avais décidé de me marier suite à un coup de foudre. C'est une incorrigible romantique. Elle-même a convolé récemment, et elle a insisté pour me donner sa robe.

Au moins Alissa avait-elle réussi à cacher à Donna les véritables raisons de toute cette histoire. La culpabilité aurait rongé sa petite sœur si elle avait su que son aînée se sacrifiait pour elle — à plus forte raison en mettant son sort entre les mains de Dario Parisi.

— Si vous en avez fini avec vos critiques, enchaîna

Alissa, nous pourrions peut-être entrer. Inutile de rater l'heure du rendez-vous.

Sans mot dire, Dario lui prit le bras. Tout se fondit alors dans une sorte de brouillard. Alissa avait le sentiment que rien n'était réel : ni le poids de la robe sur ses épaules ni la façon dont sa propre main venait se loger exactement dans celle de Dario.

Lorsqu'il passa à son doigt un anneau dont l'éclatante beauté proclamait à la fois sa fortune et son rang, elle ne s'étonna même pas qu'il soit si parfaitement à sa taille.

Mais elle sut que ce rassurant sentiment d'irréalité ne pouvait durer en entendant l'employé d'état civil prononcer ces mots :

— Vous pouvez embrasser la mariée.

La tenant fermement par la taille, Dario l'obligea à se tourner vers lui. Elle vit alors une lueur de triomphe briller dans les yeux de celui qui était désormais son mari.

Celui qui pouvait faire de sa vie un enfer.

La panique la submergea. Soudain, l'air lui manqua. Elle haleta. Le sang battait si fort à ses oreilles qu'elle ne pouvait entendre rien d'autre.

Des mains habiles soulevèrent son voile. Le regard qui se planta dans le sien était acéré comme une lame. Un sourire machiavélique rivé aux lèvres, Dario avait tout d'un prédateur.

Avant qu'elle ait le temps de protester, sa bouche virile et sensuelle se posa sur la sienne. Instinctivement, elle essaya de le repousser, les mains appuyées sur son torse. Sous le rempart de ses muscles puissants, elle perçut le battement sourd de son cœur.

Lorsqu'elle fit mine de s'écarter, l'étreinte qui la retenait prisonnière se resserra inexorablement.

Au contact des lèvres avides de Dario, ce fut comme si les siennes s'embrasaient. Alissa s'étonna de prendre un tel plaisir à ce baiser, au goût de miel et de mystère.

Entre ces mains solidement ancrées de part et d'autre

de sa taille, elle se sentait terriblement femme. Délicate et fragile.

Tout effort pour repousser Dario était vain.

Emportée par un tourbillon d'émotions, Alissa n'avait plus conscience que de sa présence enivrante, et de ce torrent de désir qui menaçait de l'emporter inexorablement, quand bien même elle luttait pour résister.

Il finit par relever la tête, et elle demeura un instant interdite, les yeux braqués sur cet homme dont elle était maintenant l'épouse légitime.

Ce baiser avait été inattendu.

Elle n'était pas préparée à ce que ce soit une expérience aussi… bouleversante.

Comment avait-elle pu être aussi réceptive, alors qu'elle détestait cet homme de toutes les fibres de son être ?

De ses yeux gris, au fond desquels passaient comme des nuages, il la dévisagea avec une intensité dérangeante.

— Allons, *moglie mía*, ce n'est pas le moment de me regarder ainsi ! murmura Dario en la prenant par le menton.

Moglie mía… Ma femme…

En prenant conscience de ce que ces mots avaient d'irrévocable, Alissa sentit le sol se dérober sous ses pieds. Il était trop tard pour faire machine arrière.

Les jambes en coton, l'esprit embrumé, elle se laissa guider pour signer le registre des mariages.

Pourquoi l'avait-il embrassée de la sorte ? ne cessait-elle de se demander. Etait-ce simplement parce qu'il en avait désormais le droit ? Quelle que soit la raison, il lui fallait oublier ce trouble délicieux qui l'avait envahie.

Il ne fallait plus que cela se reproduise.

Dario regarda les témoins signer le papier qui lui garantissait enfin la propriété du *castello* familial.

Et qui, ce faisant, le liait à Alissa Scott.

Dorénavant, Alissa Parisi.

Sa femme.

Un sentiment de dégoût lui souleva le cœur en la voyant assise à ses côtés dans sa robe virginale.

Qui croyait-elle tromper ainsi ? Avait-elle vraiment voulu faire plaisir à sa sœur en s'habillant de la sorte ? Cela ne cadrait pas avec ce qu'il savait du personnage — âpre au gain, immorale, sans scrupule.

Et pourtant, il en avait fait sa femme.

Comment avait-il pu ternir ainsi le nom des Parisi ?

Il s'efforça de faire taire en lui ce tumulte des sens, qui l'emportait tout entier chaque fois que leurs regards se croisaient.

Pourquoi ne pouvait-il s'empêcher d'observer du coin de l'œil la perfection de son petit nez, sa bouche au dessin ravissant, le bleu intense de ses yeux, la finesse de son cou ?

Il se remémora la souplesse de sa taille entre ses mains ; le goût de ses lèvres ; la façon dont la seule odeur de sa peau suffisait à mettre ses sens à feu et à sang.

Il serra rageusement les poings et les dents. Il ne devait pas se laisser aller ainsi ! Ce qu'il éprouvait à l'égard d'Alissa Scott n'était que de la haine. Le désir n'avait pas sa place entre eux. Ce n'était rien d'autre que son sentiment de triomphe qui l'avait fait céder à l'envie de prendre sa bouche aussi goulûment.

Dès l'instant où il avait posé les yeux dessus, elle l'avait fasciné. Maintenant, il savait pourquoi elle était aussi délicieusement attirante.

Ce baiser avait été une erreur.

Il ne fallait plus que cela se reproduise.

4.

Dehors, il faisait grand soleil. Comme pour se moquer des mauvais pressentiments d'Alissa, le ciel était d'un azur sans nuage. Dario poussa la porte vitrée qui donnait sur le parvis de la mairie.

— Les voilà ! Monsieur Parisi ! Dario, par ici s'il vous plaît !

Alissa chancela en entendant soudain ces voix criardes qui les interpellaient. A son côté, Dario laissa échapper à mi-voix une bordée de jurons en italien, tandis qu'une foule de photographes se précipitait vers eux.

— Ainsi, la robe de mariée, c'était pour ça ? railla-t-il entre ses dents, d'une voix aussi cassante que du verre. Pour attirer l'attention des médias ? Eh bien vous feriez mieux d'en profiter tant qu'il en est encore temps : vous ne resterez pas longtemps sous les feux de la rampe.

Alissa s'apprêtait à nier, mais une question fusa.

— Monsieur Parisi ? Qu'avez-vous à déclarer au sujet de votre mariage secret avec une jeune australienne ?

Autour d'eux, le cliquetis des déclencheurs avait quelque chose d'agressif.

— Pas de commentaire, déclara Dario, tenant Alissa serrée contre lui tandis qu'il se frayait un chemin à coups d'épaule jusqu'en bas des marches.

La porte de la limousine leur fut ouverte par l'homme aux traits patibulaires qu'Alissa avait vu la suivre tout au long du mois qui venait de s'écouler.

— Je vous remercie, protesta-t-elle, ma voiture est garée pas très loin.

— Nous voyagerons ensemble, répliqua Dario, d'un ton où sourdait une menace à peine voilée.

Que pouvait-elle faire, en présence de tous ces journalistes ? Un scandale était inenvisageable. Elle laissa Dario l'aider à s'installer sur le siège arrière du véhicule, tout en l'observant à la dérobée.

Comment avait-elle pu imaginer qu'il y ait en lui un tant soit peu de douceur ? Tout n'était chez lui que rigueur, de sa chevelure sombre peignée avec soin à la coupe irréprochable de son costume, en passant par l'impeccable netteté de sa chemise blanche. Même son visage affectait la froide beauté marmoréenne d'une statue.

Au moment où il leva les yeux vers elle, Alissa eut une nouvelle fois l'impression de recevoir un coup de poing à l'estomac. Pire que de la réprobation ou du dégoût, c'était de la haine qu'elle y lisait.

Le silence qui s'installa dans l'habitacle ne fit qu'accroître la tension entre eux.

— Je n'avais pas averti la presse, finit-elle par laisser échapper.

— Epargnez-moi vos protestations, rétorqua-t-il avec un geste de la main. Elles ne m'intéressent pas. Et n'essayez pas de me faire croire à votre innocence. Je ne suis pas crédule à ce point !

Au bord des larmes, Alissa en conclut qu'il ne servirait à rien d'essayer de se défendre. Dario était aussi entêté qu'arrogant. Rien ne le convaincrait.

Un instant, elle contempla ses longues mains racées, sa bouche sensuelle. Sous ses dehors de parfaite impassibilité, il n'était pas difficile de voir que les plaisirs de la chair n'avaient pas de secrets pour lui. Brutalement, une irrésistible fièvre embrasa Alissa.

Elle s'interdit de se laisser aller à de telles pensées au sujet de Dario. N'aurait-elle pas dû le haïr pour tout ce qu'il lui imposait ? Pour tout le mal qu'il lui avait fait, sans même en avoir conscience ? A cause de lui, elle avait subi les pires brimades de la part de son grand-père.

Pourtant, à son grand désappointement, ce n'était pas de l'aversion qu'elle sentait monter en elle lorsque le regard sombre de Dario se vrillait au sien. C'était un sentiment bien plus primitif. Bien plus dangereux. Plus… féminin. Pourvu que Dario ne se doute de rien. Sinon, il ferait de sa vie un enfer.

Sous le soleil qui descendait à l'horizon, la Méditerranée se teintait de pourpre et d'or.

Les sinuosités de la côte accidentée, les villages accrochés à flanc de colline, les nuances changeantes de la mer, tout était d'une beauté à couper le souffle.

Cependant Alissa était incapable de faire taire les sombres pressentiments qui la harcelaient.

La Sicile.

Cette île qui avait vu naître son abominable grand-père. Et ce monstre d'arrogance qu'était Dario Parisi.

Le seul lieu où elle aurait souhaité ne jamais mettre les pieds.

Malgré le confort du vol en première classe et les attentions du personnel de bord, elle avait à peine fermé l'œil. Que n'aurait-elle donné pour pouvoir prendre une bonne douche et changer ses vêtements froissés !

Mais surtout, elle ne parvenait pas à surmonter l'angoisse qui l'étreignait chaque fois qu'elle songeait à Donna.

Certes, sa jeune sœur était maintenant mariée, et David était aux petits soins pour elle. Alissa ne doutait pas qu'ils soient heureux. Donna méritait bien de l'être après ce qu'elle avait subi dans son enfance.

Si, au moins, ils parvenaient à se procurer la somme nécessaire pour la faire soigner ! La maladie qui rongeait son foie ne pouvait être correctement traitée en Australie. Sa seule chance de survie passait inévitablement par de toutes nouvelles thérapies prodiguées seulement aux Etats-Unis. Et cela coûtait cher. Tous leurs efforts pour trouver l'argent nécessaire avaient été vains.

Dire que l'homme qui était assis près d'elle disposait d'une fortune qui lui permettait les plus folles dépenses !

Manifestement, il était habitué au luxe. Alissa avait pu s'en rendre compte tout au long de leur voyage.

La désinvolture avec laquelle il acceptait les attentions de tous, l'impatience qu'il ne cherchait même pas à dissimuler au moindre désagrément, tout trahissait à quel point il était imbu de lui-même.

— C'est encore loin ?

C'étaient les premiers mots qu'elle prononçait depuis que le jet privé de Dario, qu'ils avaient pris à Rome, s'était posé en Sicile.

Il afficha une moue goguenarde.

— Quoi ? dit-il d'une voix qui devait donner la chair de poule à ses conquêtes. Vous n'appréciez pas le paysage ? La plupart de ceux qui découvrent la Sicile sont éblouis.

Alissa soutint un instant son regard inquisiteur, puis se détourna.

— Peut-être parce qu'ils y viennent de leur plein gré.

— Ce n'est pas votre cas ? Personne ne vous a forcé la main, Alissa. Je vous ai laissé toute liberté de choix.

Encore une fois, il avait prononcé son prénom avec cette lenteur affectée qui donnait quelque chose de terriblement sensuel à ces trois syllabes.

Que pouvait-elle lui répliquer ? Des hommes comme son grand-père, ou Dario Parisi, avaient l'art de manipuler autrui en faisant de la notion de liberté une sinistre mascarade.

Pour l'instant, elle se sentait trop épuisée — physiquement comme moralement — pour entamer une controverse avec Dario.

Du coin de l'œil, elle vit qu'il étendait le bras dans sa direction. Une main ferme s'empara de son menton, l'obligeant à tourner la tête. Il s'approcha jusqu'à ce qu'elle soit acculée contre la portière de la voiture.

L'odeur de sa peau, mêlée aux effluves de citron de son after-shave, ensorcela une fois encore Alissa ; elle sentit son pouls s'accélérer. Une vague de chaleur la submergea.

Dario fit glisser sa main jusqu'à sa gorge, la caressant du pouce, juste sous l'oreille, là où la peau est particulièrement sensible. Le sang rugit aux tempes d'Alissa, effaçant le vrombissement du moteur.

— Essaieriez-vous de m'attendrir ? demanda-t-il d'une voix suave. Vous croyez vraiment que je pourrais éprouver la moindre compassion à l'égard de celle qui a intrigué pour me dépouiller de mon bien ?

Il était si près qu'Alissa pouvait sentir son souffle sur sa joue à chacun des mots qu'il prononçait. Malgré sa colère difficilement contenue, quelque chose de terriblement érotique affleurait dans sa façon d'approcher inexorablement sa bouche sensuelle de la sienne.

Lorsqu'elle humecta ses lèvres, que la nervosité avait rendu sèches, le regard de Dario se fit plus insistant. Sa main se fit plus pressante. Il s'approcha davantage, sa cuisse plaquée contre celle d'Alissa.

— Je n'ai jamais intrigué, répliqua-t-elle d'une voix haletante, qui trahissait son trouble. J'ai juste voulu me marier, avec Jason.

— Ah bon ? Ne me faites pas croire que ce n'était pas avant tout pour me dépouiller. Et ce n'est pas seulement l'argent qui vous intéressait, Alissa. Vous cherchiez aussi à me blesser. Cela vous faisait donc tellement plaisir ?

Sa voix avait pris des inflexions si inquiétantes qu'Alissa ne put contenir un frisson d'angoisse.

Après quelques secondes de silence, sans cesser de river au sien un regard féroce, il enchaîna :

— Cela ne vous suffisait donc pas d'avoir vécu dans

le luxe aux dépens de ma famille ? Et qu'avez-vous fait de toutes les opportunités dont l'argent qui aurait dû revenir à ma famille vous permettait de jouir ? Vous les avez honteusement gâchées !

Le mépris dans sa voix était aussi cinglant qu'une gifle. Sous l'offense, Alissa se rebiffa. De toutes ses forces, elle essaya de le repousser. En vain. Il semblait fait du même roc, que les côtes de l'île le long desquelles la limousine filait à vive allure.

Prenant acte de son impuissance, elle croisa les bras, comme pour mettre au moins cette barrière entre eux.

— Vous êtes tellement persuadé de ma culpabilité, lança-t-elle, d'une voix qui lui parut exagérément perçante dans l'habitacle feutré. Il ne vous viendrait pas à l'idée que je puisse être victime de toute cette affaire, tout autant que vous.

Plus peut-être, songea-t-elle avec dépit. Dario avait su retourner la situation à son profit, avec la vivacité et la clairvoyance d'un prédateur. A ce jeu, il la battait de plusieurs longueurs. Mais elle ne se laisserait pas intimider.

— Une victime ?

Le regard qu'il darda sur elle était aussi incandescent qu'un fer rouge. Lorsqu'il laissa ses yeux s'attarder sur les lèvres d'Alissa, elle les sentit fourmiller soudain, et le halètement qui souleva sa poitrine réduisit encore l'espace qui la séparait du torse musclé de Dario.

Elle se frotta nerveusement les paumes sur les cuisses. Elle devait à tout prix chasser de son esprit le souvenir de leur baiser.

Mais c'était peine perdue.

Quand bien même Dario ne la désirait pas, il avait inscrit dans sa chair qu'elle lui appartenait. Et malgré son instinct de survie, Alissa ne pouvait empêcher tout son être d'acquiescer à cette exigence primitive, tapie sous une façade d'élégance raffinée.

Il exerçait sur elle une fascination démoniaque qui

l'emprisonnait à son corps défendant, et qu'elle préférait ne pas chercher à analyser. C'était plus terrifiant que toutes les menaces verbales qu'il pouvait proférer.

Un instant, il se détourna, et Alissa poussa un soupir de soulagement.

Mais déjà, Dario avait repris son menton dans sa main. Du pouce, il entrouvrit ses lèvres puis glissa le doigt entre ses dents. Elle sentit le goût de sa peau sur sa langue, une saveur à la fois musquée et salée.

Dans ses yeux, elle vit passer une lueur qui trahissait l'intense plaisir que lui procurait le trouble qu'il percevait en elle.

Un instant, elle dut lutter contre la tentation de mordre ce doigt, de le retenir dans sa bouche. Elle aurait voulu allumer en lui une flamme identique à celle qui la consumait.

Comment était-il possible que la colère qu'il lui inspirait se transforme aussi facilement en un désir ardent ?

Dire qu'elle avait cru Dario moins dangereux que son grand-père ! Quelle folie ! Il suffisait que le beau Sicilien la regarde, ou la touche, pour qu'elle se change en une parfaite inconnue, submergée par une incontrôlable envie physique — dont elle avait jusqu'à présent ignoré l'existence.

Impuissante à rompre le charme, elle vit Dario s'approcher. Ce fut seulement lorsqu'il inclina la tête vers elle, et que son torse effleura ses seins gonflés, qu'Alissa recouvra un peu la raison, faisant taire les messages éperdus que lui envoyaient ses sens.

— Ce n'est pas parce que nous sommes mariés que cela vous donne le droit de me tripoter !

Elle repoussa violemment sa main.

— C'est vous qui m'en donnez le droit, chuchota Dario d'une voix rauque, quand vous me regardez ainsi…

Alissa ouvrit de grands yeux.

— Ça suffit ! s'exclama-t-elle. Je… vous… interdis… de… me… toucher !

Elle avait ponctué chaque mot de coups portés des deux poings sur la poitrine de Dario, pour l'obliger à reculer. Cela n'avait eu aucun effet : elle était entièrement à sa merci…

« Mon Dieu, supplia-t-elle, les yeux fermés, faites que tout cela cesse… »

Son cœur tambourinait dans sa poitrine oppressée par la panique. Dans un accès de claustrophobie, elle se sentit étouffer. Au bord de l'évanouissement, elle eut la sensation d'être aspirée dans la noirceur d'un interminable et terrifiant tunnel.

— Je vous en prie, murmura-t-elle d'une voix tourmentée.

Aussitôt Dario recula. D'une pression, il ouvrit la vitre. Un souffle d'air s'engouffra dans l'habitacle. Alissa s'affaissa contre le dossier de la banquette. Tandis qu'elle respirait à grands traits, le regard de Dario la scrutait intensément.

Elle n'en avait cure.

Pour l'instant au moins, elle était sauve.

Dans le visage pâle d'Alissa, Dario chercha les signes qui auraient pu trahir un sentiment de triomphe. Après tout, n'avait-elle pas réussi à repousser ses avances ? Elle aurait pu considérer cela comme une victoire.

Mais soit elle était une actrice consommée, soit sa respiration haletante était vraiment due à la peur. A la base de son cou gracile, il voyait son pouls battre follement.

Un instant plus tôt, il aurait juré qu'elle était prête à céder à la griserie de ce désir qui les emportait tous les deux, voire à se donner à lui sur la banquette arrière de la limousine. Il avait alors pensé qu'elle se livrait à une entreprise de séduction destinée à lui soutirer l'argent qu'elle avait demandé avant leur mariage.

Pourtant, à la réflexion, ce n'était pas elle qui était à l'origine de cet épisode érotique, mais bel et bien lui !

Et à la voir ainsi, elle avait vraiment l'apparence d'une femme terrassée par la peur.

Jouait-elle un jeu ? Ou s'était-il à ce point mépris ?

Ses protestations avaient-elles été sincères ?

Cette éventualité le bouleversa : jamais il n'avait contraint une femme.

Quant à sa tentative de punir Alissa pour tout ce qu'elle lui avait fait endurer par le passé, elle se retournait contre lui. Il avait suffi de quelques instants pour qu'elle lui fasse presque perdre son sang-froid.

Lorsqu'il l'avait embrassée, la veille, cela avait été d'abord par nécessité, puisque l'officier d'état civil l'y avait invité, puis pour la châtier. Or, il avait fini par y prendre un plaisir qu'il n'aurait pas imaginé.

Le pire, c'était qu'il avait diablement envie de recommencer. Malgré tout ce qu'il savait à son sujet, Alissa Scott l'attirait irrésistiblement. Et il ne supportait pas cette dépendance…

La vue du portail familier apaisa la tension qui nouait ses muscles. Bientôt il serait chez lui. Le retour à ses activités habituelles saurait mettre un terme à ce lien chimérique.

Dario écarquilla les yeux au spectacle qui s'offrit à lui lorsque la voiture vint se ranger au pied du perron de sa somptueuse demeure : sur les marches, une armée de domestiques entourait une petite femme aux cheveux blancs, toute vêtue de noir.

Alissa eut un hoquet de surprise en voyant leur comité d'accueil. Dire qu'elle avait espéré qu'au terme de ce long voyage, elle pourrait enfin prendre un peu de repos !

L'apparence de la villa la plongeait également dans

un étonnement qu'elle n'avait pas anticipé. Elle se révélait être un chef d'œuvre d'architecture moderne, aux murs immaculés sur lesquels se détachaient d'élégantes colonnades d'acier, aux immenses baies de verre fumé…

Devant les immenses portes d'entrée en bronze, le petit groupe qui s'était rassemblé observait la voiture d'un air impatient.

A côté d'elle, Dario laissa échapper une bordée de jurons en italien, que n'aurait pas désavoués le grand-père d'Alissa. Il suffisait de voir ses sourcils froncés et sa mâchoire serrée pour comprendre combien il était contrarié.

— Ne bougez pas ! ordonna-t-il d'un ton rogue, avant de déplier sa longue silhouette pour s'extraire du véhicule.

En deux enjambées, il se retrouva au milieu de son personnel, qui poussa des acclamations enthousiastes. Alissa le vit prendre dans les siennes les mains de la femme aux cheveux blancs. En dépit de sa petite taille, il émanait d'elle une indiscutable autorité. Dario s'inclina pour l'embrasser sur les deux joues, et de nouvelles acclamations fusèrent.

Lorsqu'il revint vers la voiture, il n'était pas difficile de lire dans son regard sévère un profond agacement. Il ouvrit la portière et tendit la main vers Alissa.

Elle s'en saisit pour la relâcher aussitôt, comme si le contact de leurs deux épidermes avait produit une étincelle.

Son regard rencontra celui de Dario. A sa grande surprise, elle y lut qu'il éprouvait le même trouble qu'elle

— Venez, dit-il malgré tout, on nous attend.

Il glissa son bras sous celui d'Alissa et emprisonna sa main dans la sienne. Elle sentit la chaleur de son corps l'envelopper délicieusement…

— Contentez-vous de sourire, ordonna-t-il d'une voix suave aux accents menaçants. C'est moi qui parlerai.

— Pourquoi ?

Bien qu'épuisée au point d'avoir du mal à tenir debout,

Alissa n'avait pas l'intention d'obéir aveuglément. Elle gratifia Dario d'un coup d'œil qu'elle voulait assuré. Mal lui en prit : ce qu'elle lut dans ses yeux lui glaça le sang.

— Parce que si vous prononcez une seule parole qui puisse laisser imaginer que nous ne sommes pas un vrai couple, uni, je promets de faire de vos six mois ici un enfer. Quant à l'argent que vous espérez retirer de votre héritage, il pourrait alors fort bien se faire attendre.

Alissa tiqua. De loin, le sourire qu'il affichait devait sembler charmant ; de près, il ne faisait qu'accentuer la lueur féroce qui brillait dans ses yeux, la violence qui transparaissait dans sa voix. Dario Parisi était bien celui que son grand-père avait toujours décrit : l'incarnation même du mal absolu. Dissimulé sous le masque de la beauté parfaite.

— Ça va, j'ai compris ! lança-t-elle, d'un ton belliqueux qui l'étonna elle-même tant elle se croyait trop fatiguée pour se rebeller.

— Parfait ! Laissez-moi faire, et comportez-vous comme une parfaite épouse sicilienne.

Alissa ouvrit la bouche pour protester qu'elle ne serait jamais rien de tel, mais elle se reprit et afficha un sourire crispé. Mieux valait ne pas lui laisser voir combien elle redoutait qu'il ne mette à exécution sa menace de la priver de l'argent dont elle avait tant besoin pour Donna.

Il la serra plus étroitement contre lui. Alissa espéra qu'il n'avait pas perçu son frémissement : inutile de lui donner la satisfaction de s'apercevoir qu'elle n'était pas insensible à son charme !

Les noms qu'il égrena en la présentant aux différents membres du personnel se perdirent dans un brouillard confus. Tout ce qu'Alissa retint de ces présentations fut que les sourires et les vœux de bonheur, qui leur furent prodigués, semblaient sincères.

Elle se dit que Dario devait grassement rémunérer ses

employés, et que c'était certainement la marque de leur reconnaissance.

— Alissa, dit-il enfin en resserrant son étreinte, je te présente la *signora* Bruzzone. Caterina, voici mon épouse, Alissa.

— Soyez la bienvenue dans votre nouvelle demeure, déclara la vieille dame en l'embrassant chaleureusement sur les deux joues.

— Merci, *signora* Bruzzone.

— Appelez-moi Caterina, je vous en prie. J'ai été la gouvernante de cette maison pendant de longues années. J'espère bien que nous deviendrons amies. Et je suis certaine que vous serez heureuse ici. Dario s'y emploiera !

En voyant le sourire radieux de Caterina, Alissa eut bien du mal à réprimer un rire nerveux. Si elle savait…

Elle dut également lutter contre l'envie irrépressible de se dégager du bras dont Dario entourait sa taille, pour fuir aussi loin qu'il lui était possible.

— C'est vrai, Caterina, déclara celui-ci d'une voix de velours, je ferai tout mon possible pour prendre soin de ma charmante épouse.

La gouvernante fronça les sourcils d'un air réprobateur.

— Dario ! Cette pauvre enfant est épuisée. Tu n'aurais pas dû lui faire faire un aussi long voyage tout de suite après votre mariage. Tout le monde n'a pas ton énergie.

Elle se tourna vers Alissa.

— Il aurait dû m'écouter, expliqua-t-elle, avec une moue attendrie en direction de Dario, et organiser le mariage ici. Mais il était trop impatient. C'est toujours pareil avec lui. Lorsqu'il décide quelque chose, il ne sait pas attendre. Entrez, mon enfant. J'ai tout préparé moi-même, dès qu'on m'a annoncé votre arrivée.

Avant même qu'elle n'ait le temps de réaliser ce qui lui arrivait, Alissa se sentit soulevée du sol. Deux bras puissants, la plaquèrent contre un torse musclé.

— Mais…

Sous ses sourcils sombres, les yeux gris de Dario l'observaient avec une intensité qui la dissuada de protester plus avant. Les grandes mains de son mari la tenaient étroitement serrée contre lui. Au tréfonds d'elle-même, elle sentit se réveiller un feu dont elle ne savait que trop bien ce qui l'avait allumé.

Dario se mit en marche au milieu des vivats. Ce fut seulement alors qu'il avait déjà gravi la moitié du majestueux escalier qu'Alissa retrouva sa voix.

— Je peux marcher. Je ne suis pas si fatiguée que cela.

Elle sentit le souffle de Dario lui caresser le front lorsqu'il répondit :

— Ils seraient tous très déçus si nous n'obéissions pas à la tradition.

— La tradition ?

— Bien sûr, répliqua-t-il d'un air amusé. En Italie, la tradition veut que le marié fasse passer le seuil de la maison à son épouse en la portant dans ses bras.

— Ne plaisantez pas ! Vous savez bien que…

— Vous et moi savons ce qu'il en est de notre couple. Mais j'ai l'intention que personne d'autre ne soit au courant. Bienvenue dans votre maison, ma chère épouse.

De l'épaule, il poussa la massive porte de bronze, tandis que de nouveaux hourras éclataient derrière eux.

— Eh bien, s'impatienta Alissa dès qu'ils furent dans le hall. Vous pouvez me poser maintenant.

Dario afficha un sourire carnassier.

— Ah, non, ce n'est pas fini. Vous avez entendu ce qu'a dit Caterina : elle a tout préparé.

— Préparé quoi ? demanda-t-elle d'une voix faible, perturbée par les battements désordonnés de son pouls.

— Mais… Notre lit nuptial, bien sûr !

5.

Alissa eut l'impression que toute la pièce tournait autour d'elle lorsqu'ils pénétrèrent dans une vaste chambre au luxe discret, dont Dario referma du pied la porte derrière lui.

Une épaisse moquette gris-bleu semblait refléter les eaux indigo qui s'étalaient à perte de vue de l'autre côté des immenses baies vitrées. Les quelques rares meubles — manifestement hors de prix — étaient disposés avec goût. Au centre de la pièce trônait un lit gigantesque. Fascinée, Alissa ne parvenait pas à en détacher les yeux.

Tout à coup, elle fut prise de panique en se remémorant les menaces proférées par Dario dans la voiture, et surtout la lueur qu'elle avait vue briller dans son regard tandis qu'il l'emportait jusqu'à l'étage.

Elle essaya de se rassurer en se répétant que cet homme la méprisait : il ne pouvait donc pas avoir envie de…

— Vous pouvez me poser, maintenant, fit-elle en s'efforçant de maîtriser sa voix. Il n'est plus nécessaire de jouer la comédie.

— Ah, mais vous avez entendu ce qu'a dit Caterina : vous êtes épuisée.

— Je vais parfaitement bien. Faites ce que je vous dis !

Qu'elle soit encore capable de se mettre en colère la réconforta. C'était mieux que cet état de tension qui la laissait vulnérable et craintive.

Pourtant, au lieu de répondre, Dario la serra plus étroitement contre lui. Alissa eut l'impression que son cœur se mettait à battre au rythme de ses pas, qui les menaient vers le lit, tendu de draps de lin bordés d'une dentelle aux motifs délicats. Un parfum de lavande et de grand air en émanait, et des pétales de roses y avaient été disséminés. Au centre on avait placé une unique fleur.

— A vos ordres, finit par déclarer Dario.

Il s'était arrêté au bord du lit, sur lequel il la déposa. Alissa eut l'impression désagréable d'être une vierge que l'on installe sur l'autel sacrificiel. Les coussins moelleux l'enveloppèrent douillettement. Elle se redressa d'un air guindé.

— Il est hors de question que nous partagions ce lit, déclara-t-elle avec raideur.

— Pourquoi pas ? interrogea Dario d'une voix caressante. C'est l'usage. Nous sommes mari et femme. Avez-vous peur qu'il n'y ait pas assez de place pour nous deux ?

Alissa préféra ne pas chercher à savoir ce que signifiait la petite flamme qui s'était allumée dans son regard.

Elle se releva d'un bond. Les jambes tremblantes, elle fit face à Dario. Il semblait aussi inébranlable qu'une divinité taillée dans la pierre.

— Epargnez-moi vos allusions grivoises. Je suis trop lasse pour jouer à vos petits jeux.

Elle s'interrompit pour prendre une profonde inspiration. Cela faisait bien trop longtemps qu'elle était ballottée par ses émotions : elle éprouvait le besoin de retrouver son calme.

— J'ai obéi à vos injonctions, enchaîna-t-elle en soutenant son regard. Je n'ai pas déçu votre fan club. Maintenant, j'apprécierais que vous respectiez mon intimité. Trouvez l'explication qui vous convient, mais nous ne coucherons pas ensemble dans ce lit.

Elle pivota sur ses talons puis se dirigea d'un pas décidé vers l'autre extrémité de la pièce. D'une main tremblante, elle tourna la poignée d'une porte qui ouvrait, ainsi qu'elle l'avait espéré, sur la salle de bains.

Le soulagement l'envahit tandis qu'elle tournait la clé dans la serrure. Elle jeta un coup d'œil circulaire sur le somptueux décor de marbre et de miroirs étincelants, puis se laissa glisser jusqu'au sol.

Six mois, en compagnie de cet homme !

Comment y survivrait-elle ?

Dario demeura les yeux obstinément braqués sur la porte qui venait de se refermer, s'efforçant de relâcher la tension qui bandait tous ses muscles. La paume de ses mains frémissait encore du contact récent avec les courbes voluptueuses d'Alissa. Sa douce odeur emplissait obstinément ses narines. Le sang battait furieusement à ses tempes.

Il poussa un juron à mi-voix, entre ses dents serrées. Il lui était de plus en plus difficile de résister au désir que lui inspirait celle qui n'aurait dû être qu'une épouse de circonstance.

Plus encore que la sensation de son corps abandonné contre lui, c'était la témérité avec laquelle elle lui avait tenu tête qui enflammait ses sens. Dans la même situation, neuf femmes sur dix auraient choisi de se soumettre.

Il se remémora son regard intrépide, ce menton fièrement dressé qui la faisait ressembler à une Amazone refusant la défaite, ce frémissement provocant. Elle était tout simplement fascinante. Et si magnifiquement sexy !

Sa crinière d'un roux flamboyant, tombant en cascade sur ses épaules, ajoutait à sa beauté et épiçait la promesse torride déjà contenue dans son attitude de défi. Sous l'indignation glaciale qu'affichait Alissa, nul doute que se cachait un tempérament de feu…

L'attirance que Dario éprouvait à son égard s'était transformée en un appétit physique, ardent et indomptable.

Il se dégageait d'elle une énergie vitale comme il n'en

avait jamais rencontrée. Quelque chose de pétillant et spontané, qui manquait à la plupart des femmes.

Mais elle le haïssait, tandis que lui n'avait jamais éprouvé un désir aussi intense.

En prendre conscience fut comme recevoir un uppercut à la mâchoire.

D'autant qu'Alissa Scott représentait tout ce qu'il méprisait, en plus d'être son ennemie jurée. Alors que faisait-il là, la main posée sur la poignée de la porte de la salle de bains, sans même avoir le souvenir d'avoir traversé la pièce ?

Effrayé par cette perte de self-control, il s'écarta et alla se planter devant la baie vitrée. Malheureusement, la couleur de la mer évoquait trop le bleu intense des yeux d'Alissa.

Il se tourna vers le lit. C'était comme si son image y était imprimée : le halo roux de ses cheveux sur l'oreiller immaculé, sa moue lascive, les douces rondeurs de sa poitrine qui se soulevait au rythme de sa respiration haletante.

S'il s'était écouté, quelques instants plus tôt, il l'aurait repoussée sur le lit pour laisser ses mains errer sur sa peau, pour explorer de sa langue chaque parcelle de son corps ravissant. Il l'aurait possédée pour donner libre cours à cet insatiable désir qui le taraudait.

Hélas, faire l'amour avec Alissa serait une pure folie !

Il ferait mieux de ne pas oublier qu'ils étaient en affaire, et s'en tenir à ce type de relations. Au fond, seul rentrer en possession du *castello* lui importait. Quant aux émotions importunes qu'Alissa avait fait naître en lui, il saurait bien les maîtriser. N'était-ce pas son indomptable force de caractère qui l'avait mené là où il était aujourd'hui ? N'était-ce pas sa seule volonté qui l'avait tiré de ce minable orphelinat où il avait commencé sa vie, pour faire de lui l'un des puissants de ce monde ?

Un instant son regard s'attarda sur la porte de la salle de bains.

Non ! Alissa pouvait attendre. Il avait mieux à faire.

D'abord mettre les choses au point avec Caterina. Elle était bien plus pour lui que sa gouvernante puisqu'elle avait commencé à croire en lui dès l'orphelinat. D'ailleurs, plus tard, elle avait quitté le poste qu'elle y occupait pour le seconder dans sa quête pour reconstruire la fortune des Parisi.

Il ne lui avait pas annoncé son intention de se marier. Ce devait donc être la nouvelle gouvernante — qu'il avait appelée pour lui faire part de son retour, et demander qu'on prépare un appartement pour Alissa — qui avait vendu la mèche au reste du personnel.

Et du coup, Caterina s'était fait des idées, au point de tendre le grand lit de Dario des draps brodés hérités de sa grand-mère.

Il se passa la main dans les cheveux d'un air soucieux. Ce ne serait pas une mince affaire d'avouer la vérité à la vieille dame.

Cependant, il n'avait pas le choix.

La nuit était déjà bien avancée quand Alissa s'éveilla, pour découvrir qu'elle s'était endormie sur le canapé de la chambre de Dario.

D'un coup d'œil au vaste lit, elle constata qu'il était vide. Elle eut un coup au cœur en voyant qu'on y avait dormi.

Où pouvait bien être Dario ?

Ce fut alors qu'elle perçut un murmure provenant de la porte-fenêtre ouverte. C'était sa voix. Il faisait les cent pas sur la terrasse, poursuivant une conversation animée au téléphone. Sa voix rauque, profonde et tellement virile, fit courir un frisson dans le dos d'Alissa.

Décidément, elle était bien trop sensible à la présence du beau Sicilien.

Elle ne devait pas oublier que Dario Parisi était son ennemi. Mais comment était-ce possible quand il se tenait là, à quelques mètres d'elle, à demi nu dans la clarté argentée de la lune, qui mettait en valeur son corps d'athlète ?

Comment combattre le diable quand il avait l'apparence d'un ange ?

Il lui était impossible de détacher les yeux de ses muscles fuselés, de ses longues jambes, de ses larges épaules.

Comme il s'approchait de la porte-fenêtre, elle saisit un mot au vol : Maria. Etait-ce le prénom de sa petite amie ?

Alissa sentit son cœur se serrer en imaginant Dario dans les bras d'une femme. Mais ce n'était pas de la jalousie, bien sûr… D'ailleurs, elle n'éprouvait pas la moindre attirance pour ce… cet individu rompu à toutes les astuces de la manipulation, cet homme qui l'avait contrainte sans le moindre scrupule à se plier à sa volonté.

— Ah, vous êtes éveillée. Je suis désolé si je vous ai dérangée.

Dario se tenait devant elle, jambes écartées, mains sur les hanches, dans une attitude typiquement masculine et particulièrement séduisante. A voir son sourire, il ne semblait pas éprouver la moindre gêne à ne porter pour tout vêtement qu'un caleçon de soie jaune.

Alissa eut l'impression que toutes les cellules de son corps se mettaient en alerte. Et ce n'était pas la peur qui la tenaillait. Non, c'était quelque chose de bien plus dangereux.

Mais peu importaient les messages que lui envoyait son corps : son esprit devait rester le plus fort. Indubitablement. Pas question de se laisser aller, de s'abandonner au charme fou de Dario Parisi.

— Pourquoi ne m'avez-vous pas réveillée ?

Elle eut du mal à reconnaître sa propre voix, soudain haut perchée, haletante.

— Vous aviez l'air d'être si bien. Je n'ai pas voulu vous déranger.

— Cessez de jouer au plus fin avec moi, Dario.

Alissa s'interrompit, surprise du plaisir que lui procurait le fait de prononcer son prénom. L'ombre qui régnait dans la pièce les enveloppait tous deux d'une étrange atmosphère.

— Vous saviez bien que je ne voulais pas dormir dans cette chambre, reprit-elle.

Il haussa les épaules, et Alissa ne put s'empêcher d'être captivée par le mouvement de ses muscles. Le clair de lune mettait des reflets d'argent sur chaque courbe et chaque méplat de ce corps mince et magnifiquement sculpté.

— Vous vous étiez endormie et vous refusiez de bouger. J'ai pensé que ce n'était pas grave si vous restiez ici.

A l'idée que ses longs doigts s'étaient posés sur elle pour tâcher de la tirer du sommeil, Alissa sentit un picotement parcourir sa taille, puis sa hanche, comme sous la caresse d'une main légère.

Puis, malgré elle, son regard fut aimanté par l'immense lit.

Le lit conjugal.

Elle s'imagina le partager avec Dario.

Etait-elle folle ?

Soudain, elle revit le regard rêveur de sa mère lorsque cette dernière évoquait sa rencontre avec le père d'Alissa. Cela avait été un vrai coup de foudre, disait-elle. Au point qu'elle n'avait pas hésité à l'épouser quelques semaines à peine après qu'ils avaient fait connaissance. Il l'avait abandonnée dès la naissance de leur second enfant…

Alissa leva les yeux au ciel, stupéfaite par les raccourcis qu'empruntait parfois son esprit : elle n'avait tout de même pas hérité de sa mère un penchant atavique pour les hommes peu recommandables ! Et le jour suffirait à dissiper ce qui n'était que des fantasmes engendrés par la nuit.

Elle se mit debout et s'affaira à plier la courtepointe, tout en déclarant d'une voix neutre :

— Vous pouvez me conduire à ma chambre, maintenant.

Les poings sur les hanches, il ne répondit pas, se contentant de la regarder faire. Mais lorsqu'elle leva les yeux vers lui, son regard la figea.

— Ecoutez, finit-il par dire, d'un ton dont le calme laissait percevoir une impatience difficilement contenue, je vous propose un marché. Si vous vous sentez capable de vivre ces six mois sans scènes gênantes, sans conflits inutiles, alors je vous promets de faire le nécessaire pour que vous vous sentiez bien ici. Jusqu'à ce que nous divorcions et que vous héritiez.

— Pourquoi feriez-vous une chose pareille ?

Il écarta les mains en un geste typiquement sicilien.

— N'avons-nous pas tous deux à gagner à une trêve ? J'ai peu de temps à consacrer à de constantes dissensions avec une Mangano.

— Je ne suis pas une…

— Effectivement. J'oubliais. Vous êtes une Parisi désormais.

Se l'entendre rappeler perturba Alissa bien plus qu'elle ne l'aurait cru ; comme si elle avait renoncé à une part essentielle d'elle-même. Elle serra les poings. N'avait-elle pas assez souffert, dans sa vie, d'être traitée en objet que l'on négocie, en monnaie d'échange ?

— Je ne serai jamais une Parisi. Je ne suis votre épouse que sur le papier. Je ne vous appartiens pas.

— Vous avez raison, acquiesça Dario. Vous ne le serez jamais.

Curieusement, le rejet qu'il exprimait ainsi la blessa au-delà de ce qu'elle aurait imaginé. Comme si l'opinion qu'il avait d'elle lui importait ; comme si elle avait besoin de savoir qu'il la jugeait digne de figurer dans l'arbre généalogique de son auguste famille.

— Cependant, reprit-il, même si vous n'êtes mon épouse qu'à titre temporaire, pourquoi ne profiteriez-vous pas agréablement de mon hospitalité ? Tout ce que je vous demande, c'est d'observer quelques règles élémentaires de savoir-vivre.

— Ah bon ? explosa Alissa d'une voix où la colère le disputait au sarcasme. Alors je n'aurai droit ni aux folles soirées ni à la drogue ? C'est ce que vous voulez dire, n'est-ce pas ? Vous craignez que mes mœurs dissolues ne viennent ternir le blason des Parisi ?

Le regard impavide que Dario fixait sur elle était un aveu.

Comment aurait-il pu en être autrement ? Il savait tout de sa condamnation, de ses accointances passées avec des milieux peu respectables. Elle frissonna en repensant à cette période cauchemardesque de sa vie.

— Effectivement, Alissa, je ne tolérerai rien de tel.

Il s'interrompit un instant, et elle se demanda pourquoi la façon dont il prononçait son prénom avait sur elle des effets aussi dévastateurs. Elle serra les dents, horrifiée de constater qu'elle avait à lutter contre deux ennemis : Dario Parisi et elle-même.

— Bien sûr, poursuivit-il, il ne sera pas non plus question que vous ayez des liaisons tant que vous serez ma femme aux yeux du monde. Et faites-moi confiance, vous serez surveillée.

Ainsi, songea Alissa, le moindre de ses gestes serait observé. Comme par le passé. Mais elle ne doutait pas que Dario Parisi jouisse dans ce domaine d'un pouvoir bien supérieur à celui de feu son grand-père.

— Et vous ? Avez-vous également l'intention de renoncer à vos relations féminines afin de faire croire à tous que nous sommes un vrai couple ?

Donnant libre cours à sa colère, elle était venue se

planter devant Dario. Il la dominait de toute sa taille, faisant peser sur elle une ombre inquiétante. Mais elle ne recula pas. De près, elle pouvait voir la crispation de ses mâchoires.

— Attention, *cara*, répliqua-t-il. Ne me poussez pas dans mes retranchements, ou je pourrais décider que la meilleure façon de persuader tout le monde que nous sommes bel et bien mariés serait de consommer ce mariage sans attendre…

Un lourd silence fit suite à cette déclaration menaçante, comme s'il voulait laisser le temps à Alissa d'en prendre toute la mesure.

Elle sentit son ventre se nouer. S'il avait fait à cet instant la moindre tentative pour la réduire à sa merci, elle n'aurait pu résister. Malgré la crainte et la méfiance qu'il lui inspirait, elle réagissait à son magnétisme de manière affolante.

— Je veux juste être certaine que vous jouerez votre rôle dans cette comédie, dit-elle d'une voix tremblante.

Il opina d'un bref signe de tête.

— Soyez rassurée. Au cours des six mois à venir, personne ne pourra soupçonner que je ne suis pas le plus attentif des époux.

Alissa s'écarta. Elle avait désespérément besoin de mettre un peu de distance entre elle et cette incarnation absolue de la virilité.

— Donc, reprit-elle, nous vivrons chacun de notre côté. Tout en donnant le change.

— Exactement. Il y aura quelques occasions officielles où nous devrons être vus ensemble. Le reste du temps, vous disposerez de vos propres appartements, ainsi que d'une voiture avec chauffeur.

— C'est parfait, laissa tomber Alissa, soulagée. Pourquoi ne me conduiriez-vous pas tout de suite à ma chambre ?

— Cela peut attendre demain. Elle n'est pas tout à fait prête.

Il avait dit cela avec une précipitation qui donna à Alissa l'impression qu'il lui cachait quelque chose. Cela avait-il à voir avec la vieille dame qui les avait accueillis si chaleureusement, et qui semblait si heureuse de ce mariage ?

— Vous n'avez pas dit la vérité à la *signora* Bruzzone, c'est cela ? Vous lui avez laissé croire que vous étiez marié pour de bon ?

De nouveau, Dario haussa les épaules, mais cette fois avec une raideur qui laissa supposer à Alissa qu'elle avait touché juste.

— Ce n'est que pour un soir, se hâta-t-il d'expliquer. Demain, Caterina sera partie.

Alissa demeura un instant interloquée. Que pouvait bien représenter pour Dario l'opinion de cette femme ? Elle n'était pas sa mère, juste son ancienne gouvernante. Mais qu'il puisse vouloir la protéger ainsi le faisait soudain paraître plus humain. Il était donc capable d'aimer suffisamment pour recourir à un pieux mensonge ?

Cependant, pourquoi accordait-il tant de prix aux sentiments de la vieille Caterina ?

Soudain, la scène de leur arrivée resurgit à son esprit. Comment se faisait-il que seuls des domestiques aient été présents pour les accueillir ? Dario n'avait à la bouche que l'honneur de sa famille. Où donc étaient passés les membres de celle-ci ? Etait-il brouillé avec eux ?

— Que faites-vous ? demanda-t-elle en le voyant se diriger vers l'une des extrémités de la pièce.

— Je vais m'habiller. Il faut que j'aille travailler. Vous pouvez disposer du lit. Je vous verrai au petit déjeuner.

Il sortit sans même accorder un regard à Alissa.

Que pouvait bien être ce travail urgent ? se demanda-t-elle. Est-ce que cela avait quelque chose à voir avec cette « Maria » dont elle avait surpris le prénom ? S'apprêtait-il déjà à rompre la promesse qu'il venait de lui faire ?

Après tout, qu'il aille rejoindre sa maîtresse aurait dû

être le cadet de ses soucis. La seule chose qui comptait, c'était qu'il soit parti.

Alors pourquoi ressentait-elle un tel malaise à l'idée que Dario ait pu aller finir sa nuit dans les bras d'une autre femme ?…

6.

Un rire cristallin, qui lui était désormais familier, lui fit lever les yeux du contrat sur lequel il essayait vainement de se concentrer.

Quelque part dans la maison, sa femme riait avec l'un des membres du personnel. Il n'avait pas fallu une semaine à Alissa pour faire la conquête de tous.

C'était seulement en sa présence qu'elle observait une raideur prudente. Comme lui, elle semblait se méfier de ce parfum de désir qui flottait dans l'air lorsqu'ils se retrouvaient en présence l'un de l'autre.

La page devant lui se brouilla. Pour aussi dérangeante qu'elle fût, Dario ne pouvait qu'affronter l'amère vérité : Alissa l'obsédait bien plus qu'il ne l'aurait voulu.

Chaque jour était déposé sur son bureau le compte rendu précis de ses faits et gestes. Il avait guetté un faux pas, mais elle n'en avait commis aucun. Dario ne savait s'il devait se réjouir ou s'irriter de voir qu'elle suivait à la lettre ses instructions.

Alissa hantait ses pensées comme ses rêves. A son réveil, après trop peu d'heures de sommeil, il avait le goût de sa peau sur les lèvres et croyait sentir sur ses draps le parfum de lys qu'elle portait. Comment tiendrait-il vingt-cinq semaines si le sommeil continuait à le fuir ?

Un rire de gorge interrompit ses réflexions.

Il repoussa violemment son fauteuil du bureau.

*
* *

Le sourire déserta les lèvres d'Alissa à l'instant même où un frisson naissait le long de sa nuque. Elle n'avait même pas besoin d'entendre les pas sur le sentier derrière elle pour savoir que Dario approchait : ce picotement révélateur suffisait. Il ne mentait jamais.

En maintes et maintes occasions, elle avait ressenti ce trouble déconcertant. A chaque fois, c'était pour constater que Dario la contemplait.

La plupart du temps, il faisait demi-tour et s'éloignait sans un mot. Malgré elle, Alissa le suivait des yeux, captivée. Il y avait en lui quelque chose qu'elle n'avait jamais rencontré chez aucun homme.

Quelque chose de sombre et de sauvage.

Quelque chose d'irrésistible.

Et elle avait beau se répéter que cet homme était dangereux, son corps n'obéissait nullement aux mises en garde de son esprit.

Elle sourit à Giorgio, avec qui elle était en grande conversation lorsque Dario avait surgi, et s'engagea sur le sentier qui menait à la plage.

— Pourquoi fuyez-vous, Alissa ?

Elle se figea, la main cramponnée à la rambarde qui bordait le chemin. Sans cet appui, ses jambes se seraient dérobées. Il était juste derrière elle. Sa voix avait résonné à son oreille. Elle sentit son corps, habité par une douloureuse tension. Quant à elle, peu importait qu'elle eût mis autant de soin à l'éviter depuis qu'elle était sur l'île : l'effet qu'il produisait sur elle n'avait cessé de s'amplifier.

— Pourquoi fuirais-je ? Je n'ai rien fait de mal.

Elle se retourna vers lui. Il était vêtu d'un blue-jeans et d'une chemise blanche dont les manches étaient roulées sur ses avant-bras musclés. Il était encore plus séduisant que dans les costumes à la coupe impeccable dans lesquels elle avait coutume de le voir.

— Peut-être vous sentiez-vous coupable d'être surprise en train de flirter avec mon jardinier ?

Alissa ouvrit de grands yeux.

— Flirter ? Avec Giorgio ? Nous étions seulement en train de bavarder. Il me parlait de ses petites filles.

Dans l'isolement qui était le sien, les contacts qu'elle avait avec le personnel de Dario étaient à la fois une source de plaisir et de réconfort. Plus que leur chaleur à son égard, c'était l'estime qu'ils avaient pour Dario qui l'avait le plus surprise au début. D'ailleurs tous les gens du voisinage semblaient avoir le plus grand respect pour son époux, et la plus extrême gratitude pour sa générosité. Se pouvait-il qu'il y ait deux faces au personnage ? Ne se révélait-il sous son plus mauvais jour qu'auprès d'elle ?

— Si vous le dites ! En tout cas vous sembliez trouver le sujet passionnant…

Il laissa son regard noir comme un ciel d'orage s'attarder sur Alissa. Soudain, il fit un pas dans sa direction ; elle recula machinalement, mais son pied rata une marche et elle bascula en arrière.

— Attention !

Deux mains vigoureuses l'agrippèrent aux épaules, et Dario l'attira à lui. Les effluves si particuliers de son parfum épicé caressèrent ses narines.

Il s'écarta brusquement, comme s'il craignait d'être souillé à son contact. Son regard se perdit à l'horizon.

Alissa sentit son cœur se serrer.

— Que me voulez-vous, Dario ?

— Faut-il que j'aie quelque chose à vous demander pour venir à votre rencontre ?

— La plupart du temps, vous m'évitez comme la peste…

— Vous préféreriez peut-être que je m'empresse auprès de vous ?

Il y avait dans ses yeux, et dans la moue provocante de ses lèvres sensuelles, quelque chose de démoniaque.

Alissa frémit.

— Je ne pourrais rien imaginer de pire !

Elle croisa les bras sur sa poitrine. Mieux valait lui laisser ignorer qu'il s'agissait là seulement d'une demi-vérité ; la perspective de passer du temps en sa compagnie la plongeait dans un mélange d'appréhension et de griserie. Si seulement elle avait pu le détester autant qu'il le méritait !

— A vrai dire, je voulais vous prévenir que nous sommes invités à une soirée. Je demanderai que l'on vous accompagne afin de choisir une tenue suffisamment habillée pour l'occasion.

— Très bien. A vos ordres.

Alissa fit demi-tour. Elle s'apprêtait à reprendre son chemin lorsque la voix grave de Dario l'arrêta de nouveau.

— Vous n'êtes jamais allée inspecter le *castello* dont vous avez hérité. Pourquoi ?

Alissa hocha doucement la tête, agacée. Ainsi, il n'avait pas menti : il était tenu au courant de tous ses faits et gestes.

Elle suivit le regard de Dario, tourné vers l'austère château qui se dressait sur la côte, à l'autre extrémité de la plage. Avec ses murailles crénelées et ses tourelles, il n'était guère engageant.

— Alors c'est *cela*, le fameux *castello* ?

Ce n'était pas la première fois qu'elle apercevait la bâtisse, mais il ne lui était jamais venu à l'idée que ce fût là son héritage. Elle s'était attendue à quelque chose de moins imposant, moins médiéval.

— Oui. C'est le Castello Parisi. Le berceau de ma famille.

Sur son visage, Alissa lut avec étonnement une réelle émotion. Dans ses yeux brillait une lueur nostalgique, qu'elle n'y avait jamais vue jusque-là. Cela le faisait paraître presque… vulnérable.

Qu'est-ce que ce lieu pouvait bien signifier pour lui ?

Elle jeta un coup d'œil à la somptueuse villa moderne qu'il avait fait ériger à deux pas de la forteresse.

— Cela ne vous a jamais dérangé d'avoir constamment sous les yeux le bien que votre famille a perdu ?

— Me déranger ? C'est à dessein que j'ai choisi de construire ma demeure ici. Pour pouvoir le contempler chaque jour, jusqu'à ce que je rentre enfin en possession de ce qui nous appartient de droit.

Sa voix vibrait d'une fébrilité presque inquiétante.

Avait-il joué, autrefois, sur ces remparts qui ne pouvaient qu'enflammer l'imagination d'un petit garçon épris d'aventure ?

— Je suppose que vous avez dû y passer de nombreuses heures, lorsque vous étiez enfant.

Dario secoua la tête en signe de dénégation.

— Je n'y ai jamais mis les pieds. Votre grand-père ne vous l'avait pas dit ?

Il darda sur Alissa un regard d'une froideur qui évoquait le miroitement de l'acier. Puis Dario se tourna de nouveau vers la mer. Au loin, on distinguait le continent.

En empathie avec l'impression de douloureuse solitude qui émanait de toute sa personne, Alissa fut tentée de poser la main sur son bras.

— Je n'ai pas grandi ici, reprit-il en laissant échapper un profond soupir. J'ai été élevé sur le continent.

— Votre famille n'habite plus la Sicile ? s'étonna-t-elle. Où se sont-ils installés ?

Elle savait combien les Siciliens étaient attachés à leur île. Si son grand-père Mangano s'en était éloigné, c'était seulement parce que ses pratiques douteuses l'y avaient rendu trop impopulaire.

Dario eut une moue amère, qui émut Alissa.

— Ma famille ? Je n'en ai plus. Tout ce qu'il en reste, c'est *ça* ! Un bien qui aurait dû me revenir à ma naissance.

Du geste il avait désigné le sinistre *castello*.

Avant qu'Alissa ait le temps de poser d'autres questions, il se tourna et fixa sur elle un regard où brillait un éclat fiévreux. Elle se demanda avec angoisse si le désir de possession qu'elle y déchiffrait ne concernait que le château, ou s'il l'englobait elle aussi…

La tension entre eux était telle que l'air semblait saturé d'électricité.

Avec une inspiration rauque, Alissa tourna les talons et remonta le sentier d'un pas mal assuré.

Peu lui importait ce que Dario penserait de sa fuite soudaine. Cet homme lui faisait peur. Il avait le regard farouche de ceux qui sont déterminés à obtenir ce qu'ils veulent par n'importe quel moyen. Le genre d'individu qu'elle avait appris à redouter et haïr.

Pourtant, elle percevait souvent autre chose dans ses yeux, et cela lui serrait le cœur. Etait-ce du chagrin ? Du regret ? Elle n'aurait su dire.

Lorsque enfin elle fut dans sa chambre, Alissa se remémora en frémissant le regard possessif de Dario. En était-ce fini de son séjour paisible, à l'écart de son attention ? Elle le redoutait.

Alissa retourna le seau de plage, et une nouvelle tour s'ajouta au château de sable. Anna et Maria, les jumelles de Giorgio, poussèrent des cris de joie et se précipitèrent pour décorer la construction. Lorsqu'elles eurent terminé leur œuvre, les fillettes revinrent vers elle et entremêlèrent à ses cheveux les algues qu'elles avaient ramassées.

— Je dois avoir l'air d'une sirène, plaisanta Alissa, en les serrant toutes deux dans ses bras.

— C'est exactement ça ! s'exclama une voix grave, qui semblait surgie de nulle part.

Alissa se tourna vers la mer et crut que son cœur cessait de battre : Dario fendait les vagues de sa démarche souple, qui faisait apparaître chaque muscle de ses longues jambes fuselées et de son ventre ferme et plat.

Fascinée, Alissa ne parvenait pas à le quitter des yeux, comme s'il était le premier homme qu'elle ait jamais vu. En tout cas, elle n'en avait jamais rencontré aucun qui lui ressemble.

Avec ses épais cheveux noirs rejetés en arrière, la perfection de son corps d'athlète, le sourire éblouissant qu'il décochait aux deux fillettes, il était d'une beauté à couper le souffle. La lumière du matin mettait des reflets dorés sur sa peau mouillée. On aurait dit quelque divinité de la mer, à la vigueur herculéenne.

Alissa sentit un trouble délicieux s'emparer d'elle.

— Dario, Dario !

Les enfants bondirent sur leurs pieds pour courir vers lui. Il se laissa tomber à genoux et leur ouvrit ses bras, dans lesquels elles se jetèrent.

Stupéfaite, Alissa le regarda plaisanter et rire avec les petites, en toute spontanéité, tandis qu'elles le déguisaient à son tour en le couvrant d'algues et de coquillages.

Etait-ce le même homme qui lui parlait avec ce mépris hautain, et lui manifestait une hostilité glaciale ?

— Vous-même avez tout d'un triton, murmura-t-elle sans réfléchir à ses paroles.

Aussitôt des yeux d'un gris sombre se vrillèrent aux siens, et Alissa eut l'impression que Dario et elle étaient soudain isolés dans une bulle, où même le pépiement des deux enfants ne leur parvenait qu'étouffé.

Elle se leva brusquement pour échapper à cette tension.

— Vous n'allez pas vous baigner au moins, s'inquiéta Dario. Il y a des courants terribles ici.

— Je sais, murmura Alissa en évitant de le regarder.

Elle n'avait pas besoin de voir son visage pour savoir qu'il ne perdait pas une miette du spectacle qu'elle offrait, moulée dans son maillot une pièce violet. Sous son regard ardent, elle avait l'impression que tout son corps s'embrasait. Elle empoigna son paréo et s'y enroula.

Dario continuait à la dévorer des yeux.

Pourquoi fallait-il qu'au lieu d'en être irritée, elle n'éprouve qu'une grisante excitation ? Que lui arrivait-il ? Cet homme impitoyable, égoïste, assoiffé de pouvoir, incarnait tout ce qu'elle haïssait, elle ne devait jamais l'oublier !

Le pire, c'était qu'il avait parfaitement conscience de l'effet qu'il produisait sur elle — il suffisait de voir la lueur dans ses yeux, la façon dont il pinçait les lèvres d'un air entendu.

Les jumelles réclamèrent son attention et il s'inclina vers elles, répondant avec patience et tendresse à leur babil. Alissa soupira. Combien de facettes y avait-il au personnage ?

— Debout, les filles, dit-il en se levant et leur prenant la main. Alissa attend.

— Oui, il est temps que nous partions. Le repas doit être prêt.

— Vous déjeunez avec Giorgio et sa femme ? s'étonna Dario.

— Oui. Vous y voyez un inconvénient ?

— Non. S'ils souhaitent vous avoir à leur table, c'est leur problème.

Aussitôt sur la défensive, Alissa crut avoir détecté une note de mépris dans sa voix. Elle se raidit. Un instant, elle avait oublié à quel point il la tenait en piètre estime. En avoir de nouveau conscience fut comme recevoir un coup de dague en plein cœur.

— Ne vous mettez pas en retard, lança-t-elle d'un ton acerbe. Vous devez avoir du travail.

Alissa le regarda s'éloigner. Elle s'imprégna du spectacle saisissant de sa longue silhouette marchant d'un pas nonchalant le long de la plage.

Ne ferait-elle pas mieux d'être un peu raisonnable, se réprimanda-t-elle en secouant vigoureusement la tête.

D'accord, il aimait les enfants. D'accord, il était d'une beauté renversante. D'accord, il avait un sourire qui la bouleversait.

Mais ce sourire ne lui était jamais destiné.

Dario et elle étaient voués à se traiter en ennemis jurés.

Le problème, c'était que Dario et elle étaient aussi mari et femme.

7.

D'un geste nerveux, Dario défit sa cravate, qu'il jeta sur le lit. Sa chemise suivit le même chemin, et il sortit respirer sur le balcon de sa chambre. L'orage approchait. Mais ce n'était pas cela qui le rendait fébrile.

S'il n'avait pu se concentrer de la journée c'était bel et bien à cause d'Alissa. Depuis qu'il l'avait surprise le matin même sur la plage, des images le hantaient.

Sa peau nacrée. Le flamboiement de sa crinière tombant en cascade sur ses épaules. Les courbes délicieuses de ses hanches. Ses seins hauts. Sa taille fine.

Mais ce qui le laissait le plus déconcerté était de l'avoir vue jouer avec les enfants de Giorgio.

Il se souvint des attentions chaleureuses qu'elle leur prodiguait. Le plaisir qu'elle y prenait était indubitable.

Se pourrait-il qu'il se soit trompé sur son compte ? Alissa semblait dotée d'une personnalité bien plus complexe qu'il ne l'avait d'abord supposé.

Il se passa la main dans les cheveux d'un air pensif.

Soudain, il aperçut une sorte d'éclair blanc, sur l'eau, au large. Il plissa les yeux. Quelqu'un faisait du kayak. Quelqu'un vêtu d'une chemise blanche, et à la chevelure rousse…

Dario laissa échapper un juron. Par temps de tempête la baie pouvait être un piège mortel pour les imprudents.

Un instant plus tard, il courait vers la grève.

*
* *

Cramponnée au flanc de la petite embarcation, Alissa essaya une fois de plus de se hisser à son bord. Peine perdue. Ses bras étaient sans forces. Aux premiers grondements de tonnerre, elle avait ramé avec l'énergie du désespoir pour regagner le rivage, mais les vagues avaient freiné sa progression.

Brusquement, un paquet de mer avait renversé le kayak. Tout ce dont elle était maintenant capable, c'était de s'agripper à son rebord.

Elle s'efforça de ne pas céder à la panique.

Pourtant ses doigts s'engourdissaient. Elle ne tiendrait plus très longtemps.

Quelque chose l'effleura, lui arrachant un cri de frayeur.

Aveuglée par les vagues, suffocant à moitié, elle sentit un bras ferme l'empoigner à la taille.

Quelqu'un jura en italien. Alissa eut à peine le temps de comprendre que déjà on la hissait sur le frêle esquif.

— Cramponnez-vous !

A travers le vacarme, elle reconnut cette voix rauque.

Dario !

Il avait réussi à monter dans le kayak et l'y avait tirée. Elle réalisa qu'elle était allongée sur ses jambes.

Enfin, elle était sauve ! Si quelqu'un était capable de tenir tête aux éléments déchaînés, c'était bien lui. Elle se laissa aller…

L'absence de bruit, la sensation que la pluie avait cessé de gifler son corps meurtri, firent reprendre conscience à Alissa.

Des bras solides la tenaient fermement serrée. Un instant seulement, elle s'accorda le luxe de laisser sa tête reposer sur l'épaule de Dario.

Ils étaient dans le hangar à bateaux.

— Vous pouvez me poser, dit-elle d'une voix brisée.

— Pour que vous puissiez vous sauver et commettre une nouvelle bêtise ?

Sans relâcher son étreinte, il avança vers un lit de camp en toile, sur lequel il la fit asseoir. Puis il l'entoura d'une épaisse serviette et se mit à la frictionner vigoureusement. Peu à peu, Alissa sentit le sang circuler de nouveau dans ses membres engourdis.

— Je vous prie de m'excuser, marmonna-t-elle. Je ne voulais pas vous faire prendre de risques.

— Vous excuser !

Planté devant elle, Dario la fusillait du regard.

— Je vous avais bien dit que la baie était dangereuse ! tonna-t-il. Vous n'avez pas vu l'orage approcher ? Est-ce que vous vous rendez compte que vous étiez à deux doigts de vous noyer ?

Avec des gestes saccadés, Alissa s'enveloppa dans la serviette. Le sentiment de sécurité qu'elle avait ressenti un instant plus tôt s'était évanoui. Elle se raidit en reconnaissant chez Dario les présages bien trop familiers d'un accès de violence. Elle se réfugia instinctivement à l'autre extrémité du lit.

Puis, bien que ses jambes la soutiennent à peine, elle se força à se mettre debout.

— Que faites-vous ? maugréa-t-il. Vous allez tomber.

Il fit un pas vers elle, et sous l'effet de la peur, Alissa se raidit. Mais au lieu de lever la main sur elle, Dario l'attira dans ses bras et la serra sur son cœur, qu'elle sentit battre follement.

— Vous êtes vraiment la plus entêtée, la plus insupportable des femmes…

Ses reproches se perdirent sur ses lèvres à l'instant où il prit sa bouche en un baiser avide et fougueux, tout en la plaquant contre son corps encore ruisselant.

Le désir rugit en elle comme l'orage au-dehors. Alissa s'y livra sans remords. Il posa les mains sur ses fesses, et la sensation affolante de son sexe dressé contre son ventre balaya jusqu'à la dernière parcelle de sa raison.

Avec une ardeur dont elle ne se serait pas crue capable, elle répondit sans retenue à la caresse voluptueuse de la bouche de Dario.

Plus rien ne comptait que ce besoin physique qui la dévorait. Elle prit son beau visage entre ses mains, et un frisson de plaisir la transperça lorsqu'elle sentit cet homme redoutable frémir contre elle.

Dario ferma brièvement les yeux. Avait-il perdu la tête ? Alissa était encore sous le choc de ce qui venait de lui arriver. Il s'en était fallu de peu qu'elle se noie, dans cette mer traîtresse qui lui avait déjà pris tous ceux qui lui étaient si chers.

Instinctivement, il la serra plus étroitement dans ses bras.

Fallait-il qu'il soit fou pour céder à de telles émotions ? N'avait-il pas douloureusement appris à ses dépens que l'amour était un sentiment bien trop dangereux pour qu'on s'y laisse prendre ? Avait-il oublié qu'il suffisait d'une vague scélérate pour détruire à jamais le bonheur ?

La vision d'Alissa luttant pour ne pas sombrer avait fait remonter à sa mémoire trop de souvenirs tragiques. Penser qu'elle avait failli lui être enlevée à son tour lui déchira le cœur.

Il finit par trouver la force de relever la tête et aspira l'air à grandes goulées pour reprendre son souffle.

Dans le regard azur fixé sur lui, il lut de la stupeur. Les lèvres d'Alissa étaient gonflées des baisers qu'ils venaient d'échanger. Son visage enfiévré témoignait de la passion qui les avait emportés.

La honte le submergea : il n'avait pas le droit de profiter d'elle après ce qu'elle venait de subir.

Il la souleva de terre, et ne put s'empêcher d'être ému par la façon dont elle noua ses bras autour de son cou.

— Allons, dit-il, il serait préférable que vous consultiez un médecin.

Cinq jours plus tard, Alissa accompagna son mari à une réception donnée dans un fastueux *palazzo* ancien.

L'attitude de Dario à son égard avait bien changé depuis le moment où il l'avait sauvée d'une mort certaine. Ni l'un ni l'autre n'avait évoqué cet épisode, non plus que le baiser passionné qu'ils avaient échangé ce soir-là.

Pourtant, Dario ne la fuyait plus comme précédemment, de même qu'il ne la bombardait plus de remarques caustiques. Une sorte de trêve semblait s'être tacitement établie entre eux.

Mais quels que puissent être les sentiments qu'il éprouvait, Dario les gardait secrets.

Tant de choses, en lui, restaient inexplicables.

Ainsi, la manière dont il était parvenu à surmonter la fureur que lui avait inspirée son imprudence l'avait profondément déconcertée.

Au lieu de se déchaîner contre elle, comme elle l'avait un instant redouté, il l'avait embrassée avec une douce ferveur, qui l'avait laissée sur sa faim.

Quant à son attitude depuis qu'ils étaient arrivés chez leurs hôtes, elle semblait obéir à de nouvelles règles. Il n'avait en effet cessé d'entourer sa taille d'un bras possessif, tandis qu'ils circulaient parmi la foule de personnages éminents.

Certes, Alissa imaginait bien que Dario s'employait ainsi à montrer à tous à quel point ils formaient un couple uni. Mais la caresse de son souffle sur sa joue quand il chuchotait à son oreille, la douce chaleur de son étreinte, créaient entre elle et lui comme un lien invisible, ténu mais solide.

Et chaque fois qu'elle essayait de s'écarter de lui, il la serrait plus étroitement.

— Vous aviez dit qu'il était important qu'on nous voie ensemble, murmura-t-elle, mais est-il bien nécessaire que nous ayons l'air de siamois ?

— Ne vous faites pas de souci : je ne crois pas que l'on puisse nous prendre pour frère et sœur.

De ses longs doigts, il lui caressa la taille, faisant naître en elle une délicieuse onde de plaisir. Alissa se figea et serra les genoux pour lutter contre l'impression d'avoir les jambes en coton.

— Maintenant que tout le monde nous a amplement félicités, peut-être pourrions-nous partir ? suggéra-t-elle.

Lorsqu'il laissa retomber son bras, ce fut comme s'il l'abandonnait…

— Non, répliqua-t-il. J'ai encore des gens à voir.

Son visage avait soudain pris une expression sévère. L'avait-elle mécontenté de quelque façon ? s'interrogea Alissa, en le regardant tourner les talons et fendre la foule.

Il portait le smoking avec une telle distinction, que cette tenue semblait avoir été inventée pour lui.

— Votre époux est un très bel homme, *signora* Parisi.

Celle qui venait de l'interpeller ainsi, faisant écho sans le savoir à ses pensées intimes, était une superbe blonde à l'élégance raffinée. Elle détaillait Alissa d'un regard d'aigle.

— Je vous remercie, *signorina…* ?

— Cipriani. Bianca Cipriani.

La femme marqua une pause, puis reprit :

— Il a la réputation d'être impitoyable. Bien des femmes y réfléchiraient à deux fois avant d'épouser un tel homme.

Alissa retint son souffle. Bianca Cipriani était à n'en

pas douter une langue de vipère. Mais comment lui échapper sans que cela ne paraisse trop impoli ?

— Où voulez-vous en venir ? demanda-t-elle.

— Je cherche juste à vous mettre en garde. Surtout, ne mettez rien entre ses mains qui vous soit trop précieux. Ni votre vie ni votre cœur. Il n'a qu'une passion, qui a tourné à l'obsession : reconstruire l'empire des Parisi.

— Voulez-vous dire que vous en avez fait les frais ?

Bianca éclata de rire.

— Moi ? Oh, non ! Je ne suis pas son genre. Regardez plutôt là-bas : voilà le type de femme qu'il apprécie.

Avec la sensation qu'une main lui broyait le cœur, Alissa vit Dario en grande conversation avec une ravissante brune, au corps de liane et au visage serein de madone.

Une nausée la submergea.

Au cours des dernières semaines, Dario avait insensiblement réussi à briser ses défenses. Toutes les préventions qu'elle avait entretenues à son égard s'étaient peu à peu évanouies. Surtout, il lui avait entrouvert les portes d'une passion dont elle n'était pas, loin de là, rassasiée.

La voix de Bianca l'arracha à ses pensées.

— Vous vous sentez bien ? Vous êtes horriblement pâle.

— Ce n'est rien.

Alissa tourna le dos à ce couple modèle, en essayant d'étouffer en elle le regret de ne pas être une grande brune au charme sophistiqué.

Mais rapidement, elle se persuada qu'après tout, ce n'en était que mieux : avoir une liaison avec Dario ne pourrait la mener qu'à la catastrophe.

— Pourquoi le détestez-vous autant ? demanda-t-elle à Bianca.

La femme se raidit.

— Parce qu'il a tué mon père.

— *Quoi* ?

Bianca avait l'air sincère. Alissa sentit un souffle glacé le long de son échine.

— Mon père était à la tête d'une entreprise qui avait appartenu aux Parisi par le passé. Lorsqu'il a refusé de la revendre à Dario, celui-ci s'est arrangé pour mettre la main dessus… par d'autres moyens.

— Que voulez-vous dire ?

— Votre mari est un homme influent. Tout à coup, mon père a commencé à faire de mauvaises affaires. Les prêts dont il avait besoin lui ont été refusés… Petit à petit, la situation est devenue tellement catastrophique qu'il a été contraint d'accepter l'offre de Dario. Mais cette fois, il ne lui proposait plus qu'une bouchée de pain pour l'entreprise. Persuadé qu'il n'avait pas su défendre nos intérêts, rongé par la culpabilité, mon père s'est suicidé.

Dario sentit un picotement sur sa nuque. Il se tourna et son regard se ficha dans celui d'Alissa, tandis que son cœur s'emballait.

De nouveau, il fut saisi en constatant à quel point elle était séduisante dans cette pudique robe de velours noir, qui épousait à la perfection ses formes désirables et dont le décolleté laissait juste entrevoir les rondeurs de sa poitrine. Elle ne portait pas le moindre bijou, mais cela n'était pas nécessaire tant son teint de lys, ses yeux de saphir et sa chevelure de feu suffisaient à son éclat.

Il lui fallut quelques instants pour remarquer la présence de Bianca Cipriani à ses côtés. S'employait-elle à déverser son venin aux oreilles d'Alissa ?

A son grand étonnement, Dario songea qu'il aurait préféré que les deux femmes ne se rencontrent pas. Mais que lui importait, après tout ? Ce n'était pas comme si l'opinion de sa femme lui importait.

— Dario ! Tu m'écoutes ?

Elena le regardait en minaudant. Il se confondit en excuses. Pourquoi fallait-il qu'il trouve tout à coup si ennuyeuse celle dont il pensait faire un jour la mère de ses enfants ? Elle avait toutes les qualités requises pour cela, sans compter qu'elle était sicilienne.

Son regard s'égara de nouveau vers Alissa, seule désormais. Il prit congé d'Elena et se dirigea vers sa femme.

Ses yeux brillaient d'un éclat intense. Il y avait dans la sensualité de ses lèvres carmin comme une invitation implicite que contredisait la rigidité de sa pose. Dario sentit monter en lui une tension inouïe à mesure qu'il approchait d'Alissa. Son cœur tambourinait d'une impatience douloureuse.

« Ce soir », décida-t-il.

Oui, ce soir, il succomberait à cette envie primaire qu'il se refusait à accepter depuis des semaines. Il n'était plus temps de se voiler la face.

Ce soir, il ferait la seule chose qui lui permettrait d'extirper enfin Alissa Scott de son esprit.

8.

— *Signora* Parisi, il y a eu un appel pour vous. Il faut que vous contactiez votre sœur.

Sous l'effet de la panique, Alissa suffoqua.

— Merci, dit-elle avec un signe de tête à la gouvernante, avant de s'élancer vers l'escalier.

— Alissa !

Pour aussi inquiète qu'elle fût, la voix grave de Dario l'immobilisa.

— Oui ?

— Lorsque vous aurez terminé, venez me rejoindre dans mon bureau. Il faut que nous parlions.

Surprise, elle leva les yeux vers lui. Il lui sembla déceler dans son attitude quelque chose du prédateur s'apprêtant à bondir sur sa proie…

Elle frémit. Serait-il possible que… Non ! Le souci qu'elle se faisait pour Donna lui faisait imaginer des choses.

— Très bien, acquiesça-t-elle.

Puis elle se précipita vers sa chambre.

Dario se servit un whisky. Il l'engloutit en deux gorgées, et s'en versa immédiatement un autre, ce qui n'était pas dans ses habitudes.

Mais l'alcool n'apaisa en rien la tension qui l'habitait. A

sentir le feu qui le consumait, il avait l'impression d'être redevenu un adolescent à fleur de peau.

Sauf que ce qu'il ressentait pour Alissa n'avait rien à voir avec les emballements impétueux d'un gamin. C'était bien plus intense, plus troublant. Une tension omniprésente qui torturait son corps et le privait de toute capacité de raisonnement.

Si, au moins, il avait su à quoi s'en tenir sur Alissa. Pouvait-il se fier à ce qu'il voyait d'elle ? Etait-elle vraiment cette jeune femme à la fois douce et déterminée, à la simplicité presque candide ?

Pourtant les rapports qu'il avait lus sur son compte ne cachaient rien des folies de sa vie passée. Et n'avait-elle pas tout fait pour le priver de ce à quoi il avait droit ? Alors pourquoi son instinct lui soufflait-il de lui faire confiance ?

Elle réveillait même en lui des émotions qu'il croyait endormies à jamais ; ce qui ne le rendait que plus vulnérable. Et annihilait sa légendaire capacité à se maîtriser. Rien que le son de sa voix, quelques effluves de son parfum, suffisaient à obscurcir son esprit.

Lorsqu'il porta son verre à ses lèvres, sa main tremblait.

Bon sang, il lui fallait absolument reprendre le contrôle de la situation !

Un souffle d'air caressa sa nuque au moment où la porte s'ouvrit. Il se tourna.

Alissa se tenait dans la lumière, qui soulignait chacune des courbes de son adorable silhouette. Instantanément, il sentit sa gorge se serrer.

Seigneur, comme il la désirait !

— Dario, il faut que nous parlions.

Entendre Alissa prononcer ainsi son prénom, d'une voix haletante, amena le trouble qu'il ressentait à son comble.

Mais qu'était-ce donc que cette expression sur son visage ? Pourquoi avait-elle cette posture rigide ? Et que voulait dire cette lueur implacable dans ses yeux ?

Dario sentit son excitation retomber immédiatement, tandis que tous les signaux d'alerte retentissaient dans sa tête. Ses soupçons concernant Alissa resurgirent avec une force dévastatrice.

— J'ai besoin de revoir notre arrangement, reprit-elle.

Elle semblait déterminée, quoique sur ses gardes. Au fond de lui, Dario sentit s'évanouir sur-le-champ le fragile espoir qui avait commencé à y croître. Comme il avait été stupide !

— Il n'y a rien à y changer. Quand nous hériterons, j'organiserai notre divorce, et vous aurez l'argent.

Alissa s'approcha ; l'intensité de son regard frappa Dario de plein fouet. La détresse qu'il put y lire faillit l'attendrir.

Mais il se reprit. Il n'allait pas se laisser avoir par des astuces vieilles comme le monde !

— C'est maintenant que j'ai besoin de cet argent. Il s'est passé quelque chose de grave.

— Ah bon ?

Dario avait répondu d'un ton neutre. Mais lorsqu'il resserra ses doigts autour de son verre, il sentit sa vieille rancune se réveiller.

Ainsi, sa première perception de ce qu'était Alissa avait été la bonne. Et tout ce qu'elle avait montré depuis qu'ils étaient en Sicile n'était qu'une sinistre comédie, destinée à l'amadouer. Comment avait-il pu être aussi crédule ?

Mais on ne se moquait pas impunément de Dario Parisi !

— Pourquoi ne signerions-nous pas un contrat dans lequel je m'engagerai à vous laisser ma part du *castello* le moment venu ? insista Alissa.

— C'est impossible !

Dario avala d'un trait ce qu'il restait de whisky dans son verre. La brûlure que laissa le breuvage dans sa gorge n'était rien à côté du feu qui le ravageait jusqu'aux tréfonds de son âme. Le feu dévastateur de la colère. Celle qu'il ressentait contre lui-même pour s'être laissé abuser. Celle qu'il éprouvait à l'égard d'Alissa, parce qu'elle ruinait tous les espoirs qu'il avait mis en elle.

— Pourquoi ? Je suis certaine que vos avocats n'auraient aucun mal à rédiger un tel document.

— Et qui me dit, *moglie mía*, que vous ne fuirez pas dès que vous aurez l'argent ? Vous savez bien que nous devons vivre ensemble six mois pour pouvoir hériter.

Alissa inclina la tête, et Dario songea qu'elle était l'incarnation même du désarroi le plus innocent.

— Mais nous serions liés par ce contrat. Et je vous donne ma parole que je resterai ici.

Elle fit un pas de plus vers Dario. Son parfum flotta jusqu'à lui, comme une invitation à quelque paradis perdu. Il sentit sa virilité s'éveiller.

— Les contrats, comme les promesses, peuvent se rompre.

Il posa son verre. Le désir continuait à le tarauder chaque fois qu'il abaissait son regard sur elle. Même en cet instant où elle essayait de lui soutirer de l'argent. Comment parviendrait-il à se défaire de l'envoûtement que cette femme exerçait sur lui ?

— C'est… c'est important. Croyez-moi !

Alissa posa la main sur sa manche mais tous deux s'écartèrent brusquement l'un de l'autre, comme sous l'effet d'une décharge électrique. Dario se souvint que ce n'était pas la première fois qu'un tel phénomène se produisait entre eux. Jamais aucune femme ne l'avait à ce point ensorcelé.

— Je n'en doute pas, répliqua-t-il d'un ton acerbe.

— Ce n'est pas pour moi, plaida-t-elle.

A la voir dans cette attitude de supplication, le regard implorant, les mains nouées, Dario caressa un instant le fantasme de la voir quémander ainsi non pas de l'argent, mais un plaisir qu'il savait pouvoir lui donner. Il sentit son corps réagir à cette pensée avec une violence primitive, et fut sur le point de perdre son sang-froid.

— C'est pour ma sœur, insista Alissa. Vous ignorez que…

— Je n'ignore rien. J'ai pris mes renseignements.

Il marqua une pausc en voyant Alissa écarquiller les yeux.

— Oui, reprit-il. Je sais qu'elle se prénomme Donna, qu'elle est plus jeune que vous et vous ressemble comme deux gouttes d'eau. Qu'elle vient de se marier aussi…

— C'est pour *elle* que j'ai besoin de cet argent, l'interrompit Alissa. C'est urgent.

Elle passa sa langue sur ses lèvres. Dario leva les yeux au ciel : elle ne reculait vraiment devant aucun moyen pour essayer de le faire fléchir. Le problème, c'était qu'il ne parvenait pas à demeurer insensible même à des ficelles aussi éculées.

Dire qu'elle avait le culot d'utiliser sa sœur pour servir sa cupidité. C'était méprisable !

Dans les rapports d'enquête qui lui avaient été remis, il avait lu que la cadette des petites-filles Mangano était encore mineure lorsqu'elle avait commencé à fréquenter les boîtes de nuit les plus mal famées. Elle était même présente la nuit où Alissa avait été arrêtée pour détention de drogue. Comment pouvait-elle maintenant décemment se poser en grande sœur attentionnée, après avoir entraîné Donna sur la mauvaise pente ?

Il se souvint brusquement avoir également lu dans ses rapports que la jeune femme avait épousé un éleveur de bétail dont la ferme était largement hypothéquée.

— Je sais que votre sœur a besoin d'argent, répliqua-t-il d'un ton posé. Mais je ne vois pas en quoi cela me regarde.

Alissa le regarda d'un air hébété.

— Vous… vous êtes au courant ? bredouilla-t-elle. Vous saviez depuis le début ?

Dario hocha la tête.

— Vous n'ignorez pas que j'ai fait mener une enquête sur votre famille.

Alissa le fixait avec une intensité qui l'étonna, comme choquée.

— Eh bien, alors, enchaîna-t-elle, vous devez comprendre pourquoi j'ai autant besoin de cette somme. Et dans les plus brefs délais.

A entendre sa voix tremblotante, Dario se dit qu'elle était vraiment une actrice consommée.

— C'est votre problème, répliqua-t-il en haussant les épaules. Mais ne comptez pas sur mon aide !

Alissa demeura bouche bée. Comment pouvait-on être aussi insensible ? Aussi inhumain ?

S'il était au courant de la situation de Donna, pourquoi n'avait-il pas offert son soutien avant même qu'elle le lui demande ? C'était ce qu'aurait fait n'importe quel être humain normalement constitué.

Dire qu'elle avait cru l'avoir trop sévèrement jugé ! Fallait-il qu'elle soit stupidement naïve ! Elle avait pourtant l'habitude de fréquenter des hommes dépourvus de cœur.

Envoûtée par son charme, sa virilité, elle avait oublié que la seule chose qui motivait Dario Parisi était sa haine des Mangano.

Elle étouffa un sanglot. Il était bien l'être implacable et monstrueux que tout le monde décrivait. Pas plus tard que ce soir, Bianca Cipriani ne l'avait-elle pas accusé d'avoir causé la mort de son père ?

— Je n'ai pas besoin de votre aide, lança-t-elle la voix étranglée par l'émotion. Je ne demande que mon dû.

Dario la dévisagea entre ses paupières mi-closes.

— Jusqu'où seriez-vous prête à aller pour votre sœur ?

Alissa fronça les sourcils. Allait-il lui proposer une

solution ? Etait-il moins endurci qu'elle ne le redoutait. Malgré tout, le petit sourire en coin qu'il affichait lui faisait redouter le pire.

— J'aurais peut-être une idée pour résoudre son problème, enchaîna-t-il. A vrai dire, nous n'obéissons pas complètement aux dernières volontés de votre grand-père…

Le soulagement d'Alissa avait été de courte durée.

— Que voulez-vous dire ? Nous sommes mariés. Nous vivons sous le même toit.

— Certes. Mais pas comme mari et femme.

Il lui fallut quelques secondes pour comprendre toute la portée des paroles de Dario. Ainsi, c'était donc ce que signifiait ce sourire satisfait ! Elle sentit son sang se glacer dans ses veines.

— Vous… vous n'envisagez quand même pas que nous couchions ensemble !

Elle avait presque crié, tant elle était sous le choc.

— Pourquoi pas, *cara* ? C'est pourtant la règle entre époux.

Dario marqua une pause, et Alissa vit briller dans ses yeux une lueur infernale.

— Voilà ce que je vous propose, reprit-il. Vous vous engagez à être *vraiment* mon épouse, dans tous les sens du terme, pendant les six mois à venir, et je vous attribue la moitié de la somme qui devrait vous revenir. Le reste vous sera bien sûr versé à l'issue de cette période. J'ai besoin d'avoir la garantie que vous ne vous enfuirez pas.

Alissa ouvrit la bouche pour répondre, mais aucun son ne sortit de sa gorge nouée.

— J'organiserai le transfert des fonds sur votre compte dès demain, poursuivit Dario d'une voix sourde, si vous me donnez satisfaction sans attendre.

— Vous êtes fou ! s'exclama Alissa, en suffocant d'indignation. Vous n'avez donc aucun sentiment pour moi ?

Sans détacher du sien son regard d'acier, Dario secoua lentement la tête.

— Ne jouez pas l'innocente, *cara*. Vous savez bien que ce qu'il y a entre nous n'a rien à voir avec les sentiments.

Tout en disant cela, il avait très doucement passé sa main sur la joue d'Alissa, déchaînant en elle une tempête d'émotions.

Lorsqu'il se rapprocha, elle eut l'impression que l'air entre eux crépitait d'étincelles.

— Il n'est pas besoin de sentiments, insista-t-il d'une voix traînante, pour coucher ensemble. Je crois même que notre antipathie mutuelle ne peut qu'ajouter du piquant à la chose.

— Vous êtes malade ! lança-t-elle sèchement.

Malgré tout, elle avait toutes les peines du monde à se retenir de s'incliner vers lui jusqu'à ce que leurs deux corps se touchent. Elle détourna la tête pour échapper à la caresse de sa main, mais il la referma sur sa nuque. Alissa sentit une chaleur intense se propager dans ses veines.

— Non. Je suis un homme, c'est tout. Avec ses pulsions.

Désarçonnée, Alissa contempla ce visage qui hantait ses rêves. Un visage d'une incomparable beauté, mais sur lequel ne se lisait nulle tendresse. Un visage où ne s'affichait rien d'autre qu'un désir cru et sans fard.

Elle s'écarta brutalement et alla se planter devant la baie vitrée. Par-delà le choc d'une telle proposition, la peur, le souci qu'elle se faisait pour Donna, elle fut surprise de ressentir aussi un trouble mystérieux.

C'était impossible : elle ne pouvait pas avoir envie de Dario… Où était passé son amour-propre ?

Préférant l'affronter les yeux dans les yeux, elle fit volte-face. Il avait beau être à l'autre bout de la pièce, l'intensité de son regard était telle qu'elle sentit ses jambes vaciller. Le canapé à côté d'elle lui offrit un appui bienvenu.

— C'est donc à cela que vous trouvez votre plaisir, *signor* Parisi ? lança-t-elle. A manipuler des victimes innocentes ?

— Innocente ? Alors que vous avez traîné dans des lieux où l'argent et le sexe servent à se procurer de la drogue !

— Je n'ai jamais…

— Ça suffit !

C'était la première fois qu'elle entendait Dario élever la voix. Le cœur battant la chamade, elle demeura immobile, prise dans le faisceau de son regard magnétique. Le goût aigre de la peur envahit sa bouche. A quoi bon essayer de rétablir la vérité pour l'instant ?

— Vous êtes vraiment aussi abject qu'on le dit, persiffla-t-elle entre ses dents. Froid, calculateur, imperméable au remords. Ce que vous pouvez croire à mon sujet m'importe peu.

Délibérément elle se redressa, le menton relevé, décidée à ne pas donner à Dario la satisfaction de voir à quel point elle était blessée. La nuit où son grand-père l'avait jetée en bas de l'escalier parce qu'elle refusait d'épouser Dario Parisi, le soir où la police avait pris ses empreintes digitales, Alissa avait cru toucher le fond de l'humiliation et de l'impuissance.

Mais la proposition de Dario… C'était l'insulte suprême !

Elle devait se concentrer sur une seule chose : le souvenir de la voix de Donna ce soir au téléphone. Cela seul devait l'aider à tenir.

— Si j'accepte…, murmura-t-elle, les ongles enfoncés dans la paume de ses mains pour se donner la force d'aller plus loin. Si je couche avec vous, me donnerez-vous la moitié de ma part d'héritage sans plus discuter ?

Un rictus déforma le visage de Dario.

— Je ne vous demande pas simplement de coucher avec moi, *cara,* murmura-t-il d'une voix si grave qu'elle était presque inaudible. Ce que je veux, c'est que vous vous donniez à moi sans retenue. Je veux vous posséder chaque fois que j'en aurai le désir. Jusqu'à ce que nous divorcions.

Malgré son désespoir, Alissa ne put s'empêcher d'imaginer leurs deux corps enlacés sur l'immense lit de sa chambre. Immédiatement, la honte la submergea à l'idée qu'une petite partie d'elle-même puisse ressentir une telle coupable excitation.

Elle n'avait jamais fait suffisamment confiance à un homme pour accepter une relation sexuelle. Or, voilà que ce qu'il venait de dire faisait naître en elle un sentiment confus, où la répulsion le disputait à la fascination.

— Je n'accepterai aucune brutalité.

Elle grimaça en s'entendant prononcer ces paroles : elles signaient sa reddition.

Dario eut une moue hautaine.

— Soyez rassurée : ce n'est pas là que je trouve mon plaisir.

— Et si je… cède, j'aurai l'argent ?

Alissa grimaça ; comment pouvait-elle proférer pareille horreur ? Mais elle n'avait pas le choix : Donna venait de lui apprendre qu'il était urgent qu'elle commence un traitement.

Elle se tourna vers la fenêtre.

Lorsque le jour se lèverait, elle se serait donnée à Dario Parisi.

9.

Immobile, paralysé par l'attente de sa réponse, Dario fixait Alissa.

Que lui avait-il donc pris ? Comment avait-il pu s'abaisser à proposer de l'argent en échange d'une relation ? Cela ne lui était jamais arrivé auparavant.

Mais elle n'aurait pas dû utiliser sa sœur pour essayer de l'attendrir ! Il n'avait pas digéré cette manière de parvenir à ses fins. La déception et la colère s'étaient mêlées à la frustration pour lui faire perdre tout contrôle de lui-même.

Et puis il éprouvait pour elle un désir qui faisait voler en éclats tous ses scrupules, toutes ses valeurs morales. La preuve ? En cet instant même, il ne pouvait s'empêcher d'attendre la décision d'Alissa avec angoisse.

Pourquoi jouait-elle ainsi avec ses nerfs ? Il avait bien vu qu'elle éprouvait pour lui une attirance dévastatrice.

Par ailleurs, il avait eu confirmation qu'elle ne valait pas mieux que ce qu'il avait toujours su. Même si, sur ce point tout au moins, il aurait préféré se tromper.

Elle lui fit face, et Dario s'efforça de déchiffrer son expression. Son regard fuyait le sien. Cela ne disait rien de bon.

— C'est d'accord, lâcha-t-elle d'une voix blanche. J'accepte.

*
* *

Aussitôt, Alissa vit le soulagement éclairer le visage de Dario. Etait-il possible qu'il ait redouté une réponse négative ? Non bien sûr… Tout cela n'était qu'un jeu pour lui, une façon de se prouver qu'il était le maître. Elle ne représentait rien à ses yeux.

En prendre une nouvelle fois conscience la glaça jusqu'aux os.

— C'est parfait, lâcha-t-il.

Le sourire qui s'afficha sur son visage contenait une telle promesse de volupté qu'Alissa sentit une flamme dévorante lécher tout son être. Son cœur tambourinait dans sa poitrine. Fallait-il qu'elle ait perdu la raison pour réagir de la sorte ?

— Viens ici, *cara*.

La voix de Dario avait beau avoir la douceur du velours, elle n'en exprimait pas moins une volonté inexpugnable.

— Maintenant ?

Il tendit la main vers elle.

— Oui. Maintenant.

A voir la détermination qui brillait dans son regard aux reflets métalliques, Alissa sentit la panique la gagner.

— Pas ici, protesta-t-elle d'une voix étranglée. Quelqu'un pourrait entrer.

— Les domestiques se sont retirés pour la nuit. De plus, personne ne se risque dans ce bureau sans y avoir été expressément convié.

Jamais Alissa ne s'était sentie aussi fragile, aussi vulnérable que face à l'expression avide qu'elle voyait se peindre sur les traits de Dario. En elle, la colère succéda à la peur. Eh bien puisqu'il en était ainsi, Dario Parisi aurait ce qu'il attendait d'elle ! Peu importait qu'elle n'eût aucune expérience, elle saurait le satisfaire. Mais elle lui montrerait aussi combien elle méprisait ses exigences, ses airs supérieurs et ses marchandages odieux. Puis, quand elle aurait l'argent et que Donna serait en route pour les Etats-Unis, elle…

— Alissa.

Il avait prononcé son prénom dans un souffle, coupant court à ses réflexions. Ce n'en était pas moins une injonction à laquelle elle ne pouvait se soustraire.

Elle songea que l'air entre eux devait grésiller.

Cela ne l'empêcha nullement de se jeter tête baissée dans ce qu'elle ne concevait que comme une bataille, poussée par une indignation qui lui donna la force d'aller vers lui.

Dario n'eut même pas le temps de se réjouir de la voir céder, qu'Alissa plaquait déjà contre lui son corps souple. Son parfum de lys lui fit tourner la tête, et toute pensée cohérente l'abandonna à l'instant où sa libido prenait le dessus.

D'un geste brusque, elle dénoua son nœud papillon. Puis elle entreprit fébrilement de défaire les boutons de sa chemise. Ravi, Dario retint son souffle.

Elle agissait dans une sorte d'urgence irrésistible. Sur son visage figé, il lut une détermination farouche. Son regard semblait fuir le sien ; cependant, sentir ses mains impatientes lui retirer sa veste, puis écarter les pans de sa chemise, fit monter en lui une excitation comme il n'en avait jamais connue. Il avait besoin de toute la force de sa volonté pour rester impassible et la laisser mener les choses à sa guise.

Lorsqu'il fut torse nu, elle marqua un temps d'arrêt avant de poser les mains à plat sur son torse. Elle les retira aussitôt, en prenant une brève inspiration. On aurait pu croire qu'elle s'était brûlée.

Dario ne s'en étonna pas tant il avait l'impression que tout son corps n'était plus qu'une fournaise. C'était la première fois de sa vie qu'il se laissait dévêtir par une femme avec cette impétuosité inexorable, presque acharnée.

Cette sensation grisante augmentait son exaltation dans des proportions ahurissantes.

Soudain, il lui fut impossible de résister à l'envie de la tenir dans ses bras. Il referma ses mains sur sa taille de guêpe et la hissa à hauteur de son torse pour la serrer contre lui.

Mais lorsqu'il chercha à s'emparer de cette bouche dont il avait tant rêvé, Alissa détourna violemment la tête.

— Non ! s'exclama-t-elle.

Qu'elle se refuse à lui ne fit qu'exacerber le désir de Dario. Il eut l'impression qu'il allait imploser.

Ce fut alors qu'elle appuya goulûment ses lèvres à la base de son cou, lui arrachant une plainte sourde. Lorsqu'elle laissa glisser ses mains le long de son buste, effleurant au passage ses tétons, il frémit de la tête aux pieds. Transpercé par une flèche de plaisir, il sentit qu'il ne s'en fallait plus de beaucoup qu'il ne perde tout contrôle, tant les caresses d'Alissa le soumettaient à une exquise torture.

Il retint sa respiration quand elle s'employa à défaire la ceinture de son pantalon. Au contact de ses doigts hésitants, il contracta le ventre.

Courbée comme elle l'était, il ne pouvait voir son visage ; avant qu'il n'ait le temps de réagir, elle s'était laissée glisser à ses pieds.

Des visions d'un érotisme torride assaillirent son esprit tandis qu'elle lui retirait chaussures et chaussettes, puis le débarrassait de son pantalon. Il étouffa un gémissement en imaginant sa bouche pulpeuse et ses doigts agiles lui donner du plaisir.

La saisissant aux épaules, il l'obligea à se relever. Puis il plaqua ses paumes sur ses fesses pour presser contre la douceur de son corps féminin l'évidence de son désir.

— Détache tes cheveux, ordonna-t-il d'une voix rauque.

Elle s'affaira à retirer les épingles qui retenaient ses boucles rousses. Lorsqu'elles cascadèrent sur ses épaules, Dario songea qu'il ne pouvait plus attendre de voir ce flamboiement se détacher sur sa peau crémeuse. A tâtons, il trouva dans le dos d'Alissa la fermeture à glissière de la robe de velours. Puis il fit passer le vêtement par-dessus sa tête.

Le souffle lui manqua lorsqu'elle lui apparut dans toute la perfection de sa quasi-nudité. Sa peau était aussi pâle et lumineuse que la clarté de la lune. C'était à peine s'il osait y poser les mains. Ses seins hauts avaient la rondeur des fruits mûrs. Sous sa taille étroite, ses hanches avaient des courbes affolantes. L'avalanche de mèches fauves sur sa poitrine était un spectacle saisissant.

On aurait dit un ange. L'incarnation de Vénus.

Ses simples sous-vêtements de coton indigo étaient un parfait écrin pour sa peau laiteuse.

Gainées de bas de soie noire, retenus en haut des cuisses par une bande de dentelle, ses jambes étaient magnifiques. D'ailleurs tout en elle était magnifique…

— Regarde-moi, Alissa, murmura-t-il.

Lentement, elle releva la tête, pointant fièrement le menton en avant. Ses yeux azur lançaient des éclairs.

L'esprit embrumé par la passion, Dario mit quelques secondes à se rendre compte que c'était tout autre chose que du désir qu'il lisait dans ses yeux. Quant à ses lèvres charnues, elles étaient serrées en un pli qui n'appelait aucun baiser.

Déconcerté, il eut un instant de doute. Il n'avait en rien forcé Alissa… Elle était là de son propre chef. C'était en connaissance de cause qu'elle avait accepté son offre. Il n'abusait pas d'elle…

Alors d'où venait ce sentiment de culpabilité qui, tout à coup, agaçait sa conscience ? C'était ridicule !

Et pourtant… Pourtant, tout en lui se révoltait à l'idée qu'elle puisse condescendre à le satisfaire. N'y avait-il pas entre eux une indiscutable et irrésistible alchimie ? Dès leur première rencontre, il l'avait perçue. Elle avait beau à présent afficher ce sang-froid arrogant, le battement affolé de son pouls, visible au creux de sa gorge, la trahissait. Tout comme sa respiration haletante.

Elle brûlait de la même fièvre que lui.

Il faudrait bien qu'elle finisse par l'admettre.

Son orgueil reprit le dessus. Il n'allait pas continuer à se comporter comme une marionnette entre les mains d'Alissa.

— Va sur le canapé.

Il avait lancé ces quelques mots sur un ton impérieux.

Le frôlement du tissu, lorsqu'il retira son caleçon, le mena au bord du vertige.

Assise sur le sofa, genoux serrés, le rideau de sa chevelure dissimulant sa poitrine, Alissa attendait d'un air chaste. C'était encore plus excitant que si elle avait été allongée, offerte à ses regards.

Tremblant de désir, Dario s'avança, et vit les pupilles d'Alissa s'élargir lorsqu'il se tint devant elle, nu, le sexe tendu à lui faire mal.

Etait-ce un effet de son imagination, ou avait-elle reculé à sa vue ? Peu importait ! Bientôt, elle ne se déroberait plus…

Il s'agenouilla devant elle et referma ses doigts sur l'une de ses fines chevilles. D'un geste sûr, il lui ôta sa chaussure, prit son pied entre ses mains et effleura lentement toute la longueur de sa jambe, de ses doigts, puis de ses lèvres.

La respiration d'Alissa se fit plus profonde, et il la sentit se détendre peu à peu sous ses caresses. Lorsque ses baisers devinrent plus insistants, il l'entendit étouffer un râle de plaisir.

Il lui retira son autre chaussure et écarta ses genoux pour s'incliner vers la bande de dentelle qui retenait ses bas. Il passa un doigt sous l'élastique, puis sa langue suivit la marque légère qui encerclait sa cuisse.

Alissa sursauta ; Dario ne put s'empêcher d'en tirer

une mâle satisfaction : il prendrait tout le temps qu'il faudrait pour lui faire baisser la garde.

De plus, elle n'était pas la seule à prendre du plaisir à ces préliminaires. Le cœur de Dario battait si fort qu'il s'étonna qu'Alissa ne l'entendît point.

Lorsqu'un gémissement s'échappa de ses lèvres, il s'enhardit à aller plus haut, vers le cœur de sa féminité. Mais Dario résista à la tentation et se contenta du plus doux des baisers sur le coton qui le protégeait.

Elle se raidit quand il poussa plus loin sa lente exploration, promenant ses lèvres sur son ventre, puis autour de son nombril, puis, enfin, là où sa chevelure cachait le trésor de ses seins fermes.

Enserré entre ses cuisses à la peau si douce, Dario avait l'impression d'être au paradis. Il glissa ses doigts dans la soie odorante de ses cheveux, qui lui prodiguèrent la plus érotique des caresses.

Lorsqu'il eut dégrafé l'attache de son soutien-gorge, c'est en enfouissant son visage dans ses mèches souples qu'il les écarta pour trouver un téton durci et le capturer entre ses lèvres.

Une décharge de volupté le transperça tandis qu'il suçait avec passion la chair tendre du mamelon, tout en agaçant l'autre entre son pouce et son index.

Alissa avait-elle conscience de se cambrer un peu plus à chacun de ses coups de langue ?

— Ça te plaît, Alissa ?

Il vit ses prunelles briller d'un éclat fiévreux. Elle lutta pour reprendre son souffle. Allait-elle enfin admettre la force de ce qui les jetait l'un vers l'autre ?

— Oui, lâcha-t-elle finalement dans un sanglot.

Grisé par cet aveu, Dario parvenait difficilement à ne pas lâcher la bride à son désir impatient. Jamais il n'avait eu autant de mal à garder le contrôle de lui-même.

Il reprit ses jeux lascifs, en espérant qu'Alissa y prenait autant de plaisir que lui.

Un instant, il abandonna ses seins pour se hisser jusqu'à son oreille, dont il suivit le contour de la pointe de la langue avant d'en mordiller le lobe. Ce fut alors qu'il sentit des doigts fins glisser dans ses cheveux. Fermement, Alissa le ramena vers sa poitrine. Exultant intérieurement, Dario obéit à cette délicieuse injonction.

Sans hésiter, il passa la main sous l'étoffe de sa culotte, pour explorer la douceur humide de sa fleur secrète. Ses doigts en caressèrent le bouton gorgé de désir, jusqu'à ce qu'elle vibre irrésistiblement contre lui.

Jamais il n'avait tenu dans ses bras une femme qui réponde avec une telle frénésie à ses sollicitations.

C'était tellement enivrant !

Alissa retint son visage contre sa poitrine, tandis qu'elle s'abandonnait totalement au plaisir qui la faisait se cabrer sous lui.

A bout de souffle, Dario s'écarta pour reprendre sa respiration, arrachant à Alissa une sourde protestation.

Comme elle était belle !

Entre les fentes de ses yeux, ses prunelles d'un bleu intense lançaient des éclairs provocants. Bien qu'il n'y ait pas encore goûté, ses lèvres entrouvertes étaient gonflées de désir. Sur l'étoffe sombre du canapé, sa chevelure était comme un halo de feu.

— Dario, l'implora-t-elle, viens !

— Patience, mon ange, répondit-il d'une voix caressante.

En ondulant des hanches, elle l'aida à faire glisser sa culotte le long de ses jambes.

Dario sentit l'excitation nouer son ventre.

Le triangle de roux qui se révéla à lui l'attira irrésistiblement. Sa langue suivit le chemin que ses doigts avaient tracé quelques instants plus tôt. Alissa frémit en enserrant sa tête entre ses cuisses, puis se laissa retomber sur les coussins.

— Dario ! gémit-elle de nouveau.

Il reconnut dans cette supplication le besoin irrépressible qui l'habitait lui aussi et, la prenant par les hanches, il la fit asseoir au bord du canapé. Son sexe dressé vint effleurer la chaude moiteur prête à le recevoir.

Non, c'était encore trop tôt.

Il glissa une main entre eux, et prodigua de nouveau à Alissa la caresse la plus intime. Elle ouvrit de grands yeux. A voir l'émerveillement qui se peignait sur son visage, on aurait pu croire qu'elle n'avait jamais rien vécu de tel.

C'était une illusion, bien sûr, mais tellement grisante.

Soudain, à bout de patience, Dario prit les jambes d'Alissa pour les nouer autour de sa taille.

— Oui, chuchota-t-elle.

Lentement, inexorablement, il entra en elle.

Il tenait à rester maître de ses réactions, et cet effort faisait trembler chaque parcelle de son corps. Au point qu'il faillit ne pas sentir la fragile résistance qu'il rencontra lorsqu'il s'enfonça plus profondément en Alissa.

Une grimace de douleur déforma son visage d'ange. Etait-ce de la détresse qu'il lisait dans son regard ? Interloqué, Dario suspendit son mouvement, mais Alissa l'attira de nouveau en elle. Il reprit son va-et-vient, et leurs deux corps s'épousèrent en une danse sublime venue du fond des âges.

Les doigts noués sur sa nuque, Alissa planta son regard dans le sien. Aux spasmes qu'il sentit monter en elle, Dario comprit qu'elle était au bord de l'orgasme.

Elle laissa échapper un cri de surprise, et se cramponna convulsivement à lui.

Dario eut à peine le temps de savourer le plaisir d'avoir mené Alissa jusqu'à l'extase suprême, que déjà lui-même était aspiré dans un tourbillon de sensations d'une intensité inouïe, qui le conduisirent au paroxysme du plaisir.

Il lui sembla qu'il s'écoulait des siècles avant qu'il ne retombe enfin sur le corps d'Alissa. Tout en l'étreignant, il enfouit son visage contre elle.

D'une main tremblante, il caressa ses cheveux.

Il venait de connaître la plus éblouissante expérience sexuelle de sa vie.

Avec sa femme.

Sa femme qui était encore vierge quelques instants plus tôt…

10.

Alissa s'éveilla nimbée d'un sentiment de bien-être qu'elle n'avait pas connu depuis bien longtemps. Envolées les tensions et l'anxiété qui la tenaillaient chaque matin dès qu'elle ouvrait les yeux.

Elle s'étira langoureusement, en se demandant ce qui pouvait bien avoir…

Elle se figea en rencontrant sous sa main une matière inconnue.

Dario ! C'était sur Dario qu'elle était allongée comme une…

— Bonjour, *cara*. Bien dormi ?

Sa voix rauque, aux accents de velours, évoqua dans l'esprit d'Alissa des souvenirs enchanteurs.

Il caressa son dos, et elle ne put s'empêcher de creuser les reins, plaquant ses seins contre son torse puissant. Le frottement de sa peau contre la sienne la tira définitivement des brumes du sommeil. Une douce chaleur envahit son ventre et le creux de ses reins.

Elle prit une profonde inspiration, et l'enivrant parfum de Dario emplit ses narines.

— Je…

Dario la fit taire en s'emparant de sa bouche avec une merveilleuse tendresse. Déjà la nuit passée, il avait su la séduire au point de transformer sa colère en un voluptueux abandon.

Ensuite, avec la plus extrême douceur, il avait essuyé

les larmes que l'émerveillement du plaisir lui avait fait monter aux yeux. Après qu'ils avaient fait l'amour sur le canapé du bureau, il l'avait emportée dans ses bras jusqu'à sa chambre. Dans la clarté de la lune, il l'avait baignée, avant de la déposer, épuisée et comblée, sur son immense lit. Puis il s'était lové contre elle, et ils s'étaient endormis enlacés.

Dans la nuit, le murmure de sa voix contre son oreille l'avait réveillée, et elle s'était donnée à lui en toute confiance, comme si c'était la chose la plus naturelle au monde. Comme si rien ne comptait d'autre que les sommets de volupté vers lesquels il savait la mener.

Dario prit son visage entre ses mains et l'embrassa de nouveau. A sentir sa langue chercher la sienne, sa cuisse se glisser entre ses jambes, Alissa fut envahie par de délicieuses sensations. Le désir de se laisser emporter une nouvelle fois dans le tourbillon de la passion était plus fort que tout.

Plus fort que… Bon sang !

Elle sursauta. En un éclair, tout lui était revenu à l'esprit. Comment avait-elle pu oublier, ne serait-ce qu'un instant ? Sa sœur comptait sur elle. C'était même la seule raison pour laquelle elle avait accepté de se soumettre à…

Mais avait-elle vraiment cédé à Dario pour le seul bien de Donna, ou sa sœur lui avait-elle fourni une bonne excuse ?

Soudain, elle repensa à la façon dont il avait eu la cruauté d'utiliser la vie de Donna pour parvenir à ses fins. Comment avait-elle pu s'octroyer une nuit de plaisir avec lui dans ces conditions ?

— Arrête ! s'exclama-t-elle d'une voix étranglée.

— Qu'y a-t-il, *cara* ?

Dario avait desserré son étreinte. Alissa s'écarta de lui et remonta le drap sur sa poitrine. Les paupières closes, tenaillée par la honte et la culpabilité, elle lutta pour étouffer la flamme qui ne demandait qu'à renaître en elle.

Elle venait peut-être de vivre la nuit la plus merveilleuse qu'elle eût jamais connue, mais elle n'était qu'un monstre d'égoïsme. Quant à Dario, il n'était rien d'autre que…

Non, elle préférait ne pas y penser.

Elle s'assit sur le lit et tourna les yeux vers le réveil posé sur la table de nuit. Affronter le regard d'acier de Dario était au-dessus de ses forces.

— Tu avais promis de faire virer l'argent sur mon compte dès ce matin, fit-elle d'une voix blanche. A l'heure qu'il est les banques sont ouvertes.

Dario eut l'impression qu'on venait de le frapper violemment. Il n'en croyait pas ses oreilles.

Dans un silence troublé seulement par le tic-tac du réveil, il ne pouvait détacher ses yeux d'Alissa.

Etait-ce là la femme qui lui avait donné plus de plaisir qu'il n'en avait jamais connu ? Qui l'avait emporté au sommet de la passion la plus débridée ?

Etait-ce là la femme dont il avait pensé qu'elle se donnait à lui avec une incomparable générosité et une candeur désarmante, au point qu'il en vienne à questionner toutes ses certitudes à son sujet ?

Lorsqu'il avait compris qu'elle était vierge, la culpabilité l'avait submergé. Il s'était méprisé de l'avoir poussée dans son lit. Puis ses sens avaient oblitéré en lui toute notion morale. De toute façon, il aurait été bien incapable de faire machine arrière. Se sentir coupable ne l'avait d'ailleurs pas empêché de faire l'amour à Alissa plusieurs fois dans la nuit.

Il serait assez tôt, au matin, pour tirer les choses au clair, avait-il pensé.

Et la vérité venait de lui sauter au visage : Alissa avait eu beau être vierge, elle n'en était pas moins une petite garce vénale qui s'était jouée de lui !

Dire qu'il avait eu la folie d'imaginer qu'il y avait entre eux quelque chose de bien plus fort que la simple satisfaction d'un besoin physique… Comme elle se moquerait de lui si elle savait !

— Eh bien, insista-t-elle, les banques sont ouvertes. Qu'attends-tu ?

Dario serra les poings en voyant son expression altière. On aurait dit une reine ne daignant même pas poser les yeux sur un manant.

Soudain, les souvenirs affluèrent à sa mémoire. Combien de fois avait-il dû affronter un tel dédain ? Pendant des années, on lui avait fait porter la honte de ne pas être ce qu'on attendait de lui. Trop indépendant pour s'intégrer dans les familles d'accueil où on cherchait à le placer, il s'attirait les foudres de ceux qui voulaient l'obliger à renier les siens.

Jusqu'à ce qu'il rencontre Alissa, il avait cru s'être suffisamment endurci pour oublier tout cela.

— Est-ce ta façon de remercier un amant généreux ?

Il s'efforça d'ignorer à quel point elle était attirante, son corps dessiné par le drap d'où n'émergeaient que ses épaules à la rondeur parfaite.

— Généreux ? se récria-t-elle. Tu vendrais jusqu'à ta propre grand-mère si le profit te paraissait suffisant !

Dario sentit la colère le transpercer comme une lame acérée. Savait-elle à quel point la famille comptait pour lui ?

— Et puis, reprit-elle d'un ton rogue, j'ai bien gagné ce que tu vas me donner. De plus, je ne doute pas que tu t'arranges pour en avoir pour ton argent au cours des mois qu'il nous reste à passer ensemble.

Dario se rembrunit. Alissa n'avait pas tort. Même s'il n'avait plus la moindre illusion sur qui elle était vraiment, il savait qu'il ne résisterait pas à l'envie de la mettre de nouveau dans son lit. En prendre conscience ne fit qu'accentuer sa fureur.

— Heureusement que tu es naturellement douée pour le plaisir, n'est-ce pas ? lança-t-il d'une voix acerbe.

La voir rougir apporta à Dario un peu de réconfort.

— Comment se fait-il que tu aies été encore vierge ?

Alissa haussa les sourcils et posa sur Dario un regard dont l'intensité le mit mal à l'aise.

— Parce que je n'aime pas les hommes, répondit-elle d'un ton rageur.

Stupéfait par cette révélation, Dario resta bouche bée. Comment était-ce possible, vu la façon dont elle avait réagi la nuit passée.

— Enfin… pas assez pour avoir envie de coucher avec l'un d'eux, corrigea Alissa, comme si elle lisait dans ses pensées.

— Pourquoi ?

— Parce que je n'en ai jamais rencontré aucun qui n'essaie pas de m'imposer sa volonté. Mais assez parlé ! Il est temps que nous nous occupions de mon argent.

Dario s'étira et croisa les mains derrière sa nuque. Il n'allait quand même pas lui donner la satisfaction d'obéir à ses ordres !

— Félicitations, murmura-t-il. Tu es vraiment la femme la plus cupide que j'aie jamais rencontrée.

— Et tu trouves que je devrais avoir honte ? Alors que tu connais parfaitement les raisons qui me font agir ainsi !

A sa grande surprise, Dario vit des larmes perler au bord des longs cils de sa femme.

— C'est bon ! s'exclama-t-il, agacé de la voir reprendre le scénario déjà utilisé la veille pour tâcher de l'attendrir. Donne-moi tes coordonnées bancaires et ta sœur n'aura plus de souci à se faire pour sa ferme.

— Pour sa ferme ?

— Oui. C'est pour lui éviter la saisie que tu as tant besoin d'argent, n'est-ce pas ?

— Tu as cru que c'était pour cela que je voulais ma part d'héritage ?

Le ton sur lequel Alissa avait posé cette question obligea Dario à se tourner vers elle. Pâle comme la mort, elle poursuivit :

— Tu disais que tu avais pris tes renseignements, que tu savais tout de nous…

— Oui, j'ai payé un détective privé.

— Alors j'imagine qu'il a négligé de vérifier nos dossiers médicaux. Sinon, il t'aurait appris que ma sœur est très gravement malade. La seule chance de la sauver est de la faire soigner aux Etats-Unis. Mais ni son mari ni moi n'avons la somme nécessaire.

Dario put lire dans l'azur embué de ses yeux combien elle était bouleversée. Un gouffre béant s'ouvrit devant lui quand il prit conscience de tout ce que cette révélation impliquait.

Che diavolo ha fatto ?

Que diable avait-il fait ?…

D'un mouvement brusque, il se leva et se dirigea vers le dressing, où il enfila un jean.

Enroulée dans le drap, Alissa l'avait suivi.

— J'ai besoin de cet argent, Dario, le supplia-t-elle d'une voix brisée.

— Raconte-moi tout !

Nu jusqu'à la taille, ses épais cheveux noirs en bataille, il la fixait de son regard perçant.

A sa grande honte, Alissa sentit une décharge de volupté la traverser à la vue de ce torse superbe. Elle ne put s'empêcher d'avoir envie de se blottir dans les bras de Dario.

C'était de la folie…

Epuisée, elle se laissa tomber dans un fauteuil, serrant l'étoffe de coton autour de sa poitrine.

— Il n'y a rien à raconter, soupira-t-elle. Cela fait deux

mois que nous savons que le seul espoir pour Donna, c'est d'être traitée aux Etats-Unis. Mais les frais seraient à notre charge.

— Pourquoi ne m'as-tu pas demandé mon aide ?

Alissa le fusilla du regard.

— Tu m'as clairement signifié à quel point tu haïssais les Mangano !

— Et tu m'as cru capable de conclure ce marché avec toi en sachant ta sœur mourante ?

— Pourquoi pas ? Tu as bien été capable de me mettre dans ton lit alors que nous nous détestons.

Alissa porta instinctivement la main à sa bouche. Dario était devenu si pâle qu'elle eut peur d'être allée trop loin. C'était un étranger qui se tenait là, devant elle, le regard vide, des plis amers creusés de part et d'autre de la bouche. On aurait cru un boxeur sonné.

Le regret la tenailla : s'était-elle trompée en ne voyant en lui que la copie conforme de son propre grand-père ?

— Dario ? Est-ce que…

D'un geste de la main il la fit taire.

— Quelle est la cause de sa maladie ?

— Son foie a été abîmé par…

Elle poussa un profond soupir, avant de reprendre :

— A une époque, Donna a un peu perdu les pédales.

— Que veux-tu dire ?

— Trop d'alcool. Trop d'hommes. Trop de drogues…

Alissa sentit une culpabilité familière lui serrer une nouvelle fois le cœur. Quand Donna s'était révoltée contre l'autorité de leur grand-père, elle n'avait pas su l'empêcher de tout faire pour se détruire.

— Nous vivions toutes les deux, expliqua-t-elle. Je travaillais sans discontinuer pour gagner de quoi subsister. Donna était mineure. Sans que je m'en rende compte, elle se servait de ma carte d'identité pour entrer dans les night-clubs.

Dario riva au sien un regard douloureux.

— Et la nuit où tu as été arrêtée, c'était pour la protéger ?

— J'étais partie à sa recherche, acquiesça Alissa. Je venais de la retrouver quand il y a eu la descente de police. J'ai pris la drogue qu'elle avait sur elle. Que pouvais-je faire d'autre ? C'est ma petite sœur.

Elle s'interrompit et soutint le regard de Dario.

— C'était mieux ainsi. Me voir en prison l'a décidée à arrêter la drogue. Elle n'a plus rien pris depuis.

— Alissa, je suis désolé. Pour tout ce qui s'est passé. Je…

Elle bondit sur ses pieds.

— Non ! lança-t-elle. Je ne veux pas d'excuses. Pas maintenant.

Elle s'en voulait trop d'avoir oublié ce qu'auraient dû lui dicter son amour-propre et son sens du devoir pour accepter ses excuses.

— Tout ce que je veux, ajouta-t-elle, c'est l'argent que j'ai gagné cette nuit.

11.

— Tu as bien meilleure mine, ma chérie.

Alissa sourit à ce petit visage blême qui ressemblait tant au sien. L'état de Donna s'était déjà amélioré.

— N'exagère pas. Je me suis vue dans la glace.

— Je dis la vérité. Et David te regarde de nouveau comme lorsqu'il t'a épousée. Pour lui, tu es la plus belle femme du monde.

Un instant, Alissa songea à l'amour qui liait sa sœur et son beau-frère. Elle aurait tant aimé vivre la même chose…

Inévitablement, ses pensées glissèrent vers Dario. Si silencieux, si distant, si efficace. C'était lui qui avait tout organisé pour que Donna voie les meilleurs spécialistes dans les plus brefs délais. Lui qui avait loué un appartement pour David juste à côté de l'hôpital. Et une somptueuse villa pour elle et lui.

Donna et David n'avaient vu dans tout cela que le comportement d'un mari follement épris. Seule Alissa savait que c'était le résultat de la culpabilité qui le rongeait.

Depuis cette nuit fabuleuse où elle avait fait l'amour pour la première fois, il ne l'avait plus touchée.

Son cœur se serra. Une nuit avait suffi à le guérir de l'attraction qu'il éprouvait pour elle…

— Dario te regarde de la même manière, observa Donna.

Alissa se força à sourire.

— Dario n'est pas du genre à laisser paraître ses sentiments.

— C'est ce que tu crois. Mais il te dévore des yeux lorsque tu ne le vois pas.

Alissa eut un petit rire amer. Si seulement cela pouvait être vrai ! Sa sœur était bien trop romantique…

Pour sa part, elle avait beau essayer de se convaincre qu'elle détestait son mari, il l'attirait toujours aussi irrésistiblement.

De plus, tous les efforts qu'il faisait pour Donna et David, ainsi que pour elle, montraient qu'il n'était pas l'être méprisable qu'elle avait cru.

Le matin où elle lui avait tenu tête, après leur nuit de folle passion, elle avait été certaine de plus jamais vouloir qu'il la touche. Pourtant, savoir qu'il dormait dans la chambre contiguë à la sienne la mettait au supplice. Si au moins il repartait en Sicile, elle parviendrait peut-être à l'oublier.

Elle secoua lentement la tête. A quoi bon se leurrer ? Elle savait pertinemment qu'elle éprouvait pour Dario tout autre chose qu'une simple attraction physique. Un lien indissoluble l'attachait à lui. Alors que dans le même temps, il était évident qu'elle ne lui faisait plus aucun effet… Quelle injustice !

— Alissa ?

— Excuse-moi, sœurette. J'étais perdue dans mes pensées.

— Elles ne m'ont pas l'air bien joyeuses. Qu'y a-t-il, Alissa ? Tu es vraiment amoureuse de Dario, n'est-ce pas ?

— Mais oui ! Ça a été un vrai coup de foudre !

— Ce qui n'est pas du tout ton genre. Tu disais qu'après ce que nous avions vécu avec grand-père, tu ne voulais plus entendre parler des hommes.

— Eh bien, Dario m'a fait changer d'avis, voilà tout !

Alissa contint son agacement. Bon sang ! Pourquoi fallait-il que sa sœur soit parfois aussi perspicace ?

Soudain, Donna ouvrit des yeux horrifiés. Elle se cramponna à la main d'Alissa.

— Mon Dieu ! C'est lui, n'est-ce pas ? Dario ! C'est l'homme que grand-père voulait absolument te faire épouser ! Alissa, tu ne t'es pas sacrifiée pour moi, au moins ? Jure-moi que…

La porte s'ouvrit, et un aréopage de médecins fit son entrée, interrompant Donna.

— Madame Kincaid, dit l'un d'eux, je suis heureux que vous soyez éveillée. Nous avons les résultats de vos analyses.

D'un pas fatigué, Dario se dirigea vers sa chambre. Il avait travaillé au-delà de minuit dans l'espoir de faire taire les émotions qui le tenaillaient. Ce mélange de culpabilité, de regret, de désir aussi, qui faisait de ses nuits un enfer.

Pour la première fois de sa vie, il avait honte de lui. Malheureusement, cela ne suffisait pas à lui faire oublier à quel point il continuait à avoir envie d'Alissa.

Comment avait-elle fait pour allumer cet incendie inextinguible dans son âme et dans son corps ? Elle n'était en rien le genre de femme avec laquelle il avait imaginé faire sa vie. Pourtant, tout en elle le fascinait. Sa force morale. Son esprit. La façon dont elle refusait de se laisser dominer. Cette totale absence de retenue dans la passion. Et la manière dont elle l'avait mené au paroxysme du plaisir.

Il ralentit en arrivant devant la porte d'Alissa. Ils ne s'étaient pas croisés de la journée. Des sanglots étouffés lui parvinrent aux oreilles.

Que se passait-il ?

Il ne l'avait jamais vue verser de larmes, sauf lorsqu'il

lui avait fait perdre sa virginité. Il avait voulu croire, alors, que cela avait été des larmes de bonheur.

Les sanglots redoublèrent. N'y tenant plus, Dario poussa la porte.

Assise sur la banquette, sous la fenêtre, Alissa ne portait qu'un T-shirt informe faisant office de chemise de nuit. Le front appuyé sur ses genoux, le visage dissimulé par le rideau cuivré de ses cheveux, elle était adorable. Il sentit s'éveiller en lui un désir brûlant ; ainsi qu'une incroyable envie de la protéger.

Silencieusement, il s'approcha.

— Alissa, que se passe-t-il ? Parle-moi.

En entendant Dario, Alissa ne put se retenir de trembler de la tête aux pieds. Elle s'essuya les yeux du revers de la main. Cela faisait plusieurs jours qu'ils ne s'étaient pas vus, et il fallait qu'il la trouve dans cet état !

— Rien. Tout va bien.

— On ne dirait pas…

Sa voix était grave et envoûtante ; lorsqu'il lui prit le menton, Alissa fut envahie par une délicieuse chaleur.

Elle prit une profonde inspiration, et le grisant parfum de Dario s'imposa à elle. Il s'installa à côté d'elle, puis passa son bras autour de ses épaules.

— C'est à cause de ta sœur ? Les nouvelles sont mauvaises ?

Alissa secoua énergiquement la tête. Elle se sentait horriblement ridicule.

— N… non. Les dernières analyses sont excellentes. Les médecins disent qu'il lui faudra seulement du temps pour récupérer. Le traitement est une réussite. Elle est sauvée.

— Alors, qu'y a-t-il ?

Dario était si près qu'elle percevait son souffle sur sa joue.

— Je… je ne sais pas, gémit-elle.

Elle aurait effectivement dû être folle de joie. Après avoir fêté la bonne nouvelle avec David et Donna à l'hôpital, elle s'était éclipsée pour les laisser en tête à tête.

A son retour dans la grande maison au luxe discret louée par Dario, elle se sentait encore parfaitement heureuse du tour qu'avaient pris les choses.

Pourtant, à mesure que, dans un silence indifférent, elle gravissait le majestueux escalier, un étrange malaise avait surgi en elle. Puis, tandis qu'elle s'attardait dans la baignoire de marbre, le poids sur sa poitrine n'avait cessé de s'alourdir. Jusqu'à ce qu'elle s'effondre en larmes.

— Je ne pleure ja… jamais, sanglota-t-elle. Jamais !

— Chut… Je sais, je sais…

Dario resserra son étreinte, et elle se blottit dans ses bras.

C'était comme si une digue s'était rompue en elle. Au cours de toutes les épreuves que Donna et elle avaient traversées, elle avait toujours fait front. Elle n'avait même pas cédé au désespoir quand Dario s'était placé en travers de sa route. Alors pourquoi fallait-il que soudain, tout courage l'abandonne, la laissant perdue et craintive ?

— Que fais-tu ? s'alarma-t-elle lorsque Dario passa un bras sous ses jambes pour la soulever.

— Je te mets au lit. Tu ne vas quand même pas rester là toute la nuit !

Instinctivement, Alissa se pelotonna contre son épaule. Elle n'aurait pas dû, elle le savait, mais c'était si bon de se sentir protégée !

Quelques instants plus tard, elle était recroquevillée au milieu de ce lit bien trop vaste pour elle. Secouée d'irrépressibles frissons, elle sentit Dario se glisser à côté d'elle et remonter les draps sur eux.

— Non ! protesta-t-elle, en luttant pour s'éloigner de lui. Je ne veux pas…

— Chut, Alissa. Je veux juste te réchauffer. Rien de plus.

Il l'enveloppa dans ses bras puissants et la serra contre lui. Elle avait tant besoin de réconfort qu'elle ne pouvait s'empêcher d'être reconnaissante qu'il soit là.

Machinalement, elle se frotta l'avant-bras, en un geste qui lui était devenu tellement naturel qu'elle n'y prêtait même plus attention. Ce fut Dario qui le lui rappela :

— Qu'est-ce que tu as ? Tu t'es fait mal ?

— Non. C'est juste une vieille blessure. Ce n'est plus douloureux.

— Comment ça ?

Le souffle de Dario était une si douce caresse dans ses cheveux, sa présence si rassurante, qu'Alissa baignait désormais dans un parfait bien-être. Après tout, pourquoi ne se confierait-elle pas à lui ? A quoi bon garder des secrets ?

— Je me suis cassé le bras il y a quelques années. Quand mon grand-père m'a poussée dans l'escalier.

— *Dío buono* ! Il ne l'avait quand même pas fait exprès, j'espère ! Tu aurais pu être tuée.

— Avec mon grand-père, rien n'était le fruit du hasard. *Des châtiments nécessaires* ! C'est ainsi qu'il appelait les corrections qu'il nous administrait régulièrement, à Donna et moi, après la mort de notre mère.

Sans relâcher son étreinte, Dario lui caressa doucement le bras.

— Personne ne s'est jamais rendu compte de ce que vous enduriez ?

— Mon grand-père avait le pouvoir et l'argent. Il était plus confortable pour chacun de croire ce qu'il voulait bien raconter. Aux yeux de tout le monde, il m'a fait passer pour une ingrate et une rebelle. Le pire, ce n'étaient pas les coups. C'était cette volonté forcenée qu'il avait de tout contrôler dans nos vies. De nous manipuler.

Dario sentit son sang se glacer. Chacune des paroles

d'Alissa était comme autant de poignards plantés dans son cœur. Dire qu'il avait pris pour argent comptant ce que disait le vieux filou lorsqu'il se plaignait du souci que lui causait sa petite-fille ! Il revit la grimace mauvaise avec laquelle le vieil homme s'était réjoui à l'idée de marier cette insoumise avec un « homme fort », qui saurait la mater.

La colère le submergea.

De pareilles brutes ne méritaient pas d'avoir une famille, alors même que d'autres étaient privés du bonheur de voir grandir leurs enfants.

Imaginer Alissa — si petite, si fragile — exposée à la violence de ce monstre, le bouleversait. Il comprenait maintenant pourquoi il avait lu une telle terreur dans son regard lorsqu'il s'était emporté contre elle dans le hangar à bateaux. Elle avait certainement cru qu'il allait la frapper.

— Pourquoi t'avait-il poussée dans l'escalier ?

Tout en l'interrogeant, il essayait d'ignorer le feu qui grandissait au creux de son estomac à force de sentir Alissa lovée contre lui.

— Oh, c'était le soir où tu étais venu le voir pour mettre au point ce projet de mariage. Quand j'ai refusé de m'y soumettre, il a perdu son sang-froid.

Horrifié, Dario prit conscience de son involontaire culpabilité dans le calvaire subi par Alissa. Mais le pire était de penser qu'à son tour, il avait joué de ses peurs, de ses souffrances, pour la manipuler. Comment s'étonner qu'elle ne veuille rien avoir à faire avec lui ?

Une nouvelle fois, un homme venait saccager sa vie avec son pouvoir et son argent ! Un homme décidé à lui imposer sa volonté.

Au moins, lui, ne l'avait jamais frappée.

Une nausée lui souleva le cœur.

Ce qu'il avait fait n'était-il pas encore plus méprisable ?

Il l'avait contrainte à coucher avec lui par le plus vil des marchandages. Alors même qu'elle était vierge. Tout ce qu'il lui restait à faire, pour essayer de racheter un tant soit peu sa faute, c'était de la délier sur-le-champ de l'engagement qu'il lui avait imposé.

Ne devrait-il pas aussi desserrer son étreinte, afin qu'elle soit libre de s'éloigner de lui ? Il en fut incapable… Malgré sa honte, ses regrets, son sens de l'honneur et du devoir, il ne pouvait renoncer à serrer cette femme dans ses bras. Elle qui, pourtant, le méprisait — et à juste raison !

Mais lui la désirait au-delà de l'imaginable.

Se passer d'elle était au-dessus de ses forces — pour l'instant, tout du moins…

12.

Alissa s'éveilla les paupières encore gonflées par les larmes.

Cela faisait si longtemps qu'elle ne s'était pas laissée aller à pleurer. Après la mort de sa mère, elle avait vite compris que son grand-père se délectait de son chagrin. Elle avait donc enfermé ses émotions au plus profond d'elle. Et laissé croire qu'elle était forte.

Jusqu'à la veille, où la pire de ses craintes avait disparu comme par enchantement : Donna était sauvée ! Elle pouvait enfin cesser de cacher ses failles et ses faiblesses.

A mesure que les brumes du réveil se dispersaient, Alissa se sentait de plus en plus légère à cette idée. Elle avait l'impression de flotter sur les eaux chaudes d'une mer tropicale.

Sauf que ce qui se mouvait sous elle n'avait rien à voir avec les flots de l'océan : c'était le corps d'un homme.

Dario !

Elle avait dormi dans ses bras, et le matin la retrouvait allongée sur lui, ses seins plaqués contre son torse, ses jambes mêlées aux siennes, une main glissée dans ses boucles brunes.

En pressant ses lèvres à la base du cou de Dario, là où elle sentait battre son pouls, elle se demanda s'il y avait un endroit au monde où elle se sentait mieux…

Son cœur chavira lorsque lui revinrent à la mémoire les

douces paroles de réconfort qu'il lui avait murmurées la veille, sans cesser de l'étreindre avec une chaste tendresse.

Où était donc passé l'arrogant étranger au regard désapprobateur ? A celui qui avait pris sa place, elle aurait sans hésitation confié sa vie.

Mais lequel était le vrai Dario ?

Elle sentit ses longs doigts effleurer ses reins ; ce simple geste suffit à rallumer en Alissa l'étincelle du désir. Comme une traînée de poudre enflamme l'herbe sèche, toutes les zones érogènes qu'il lui avait fait découvrir cette première nuit en Sicile s'embrasèrent. Le souffle court, elle eut un hoquet de surprise qui fit monter à ses narines l'odeur virile qui émanait du corps de Dario.

Pareille au chat qui arque l'échine pour s'offrir à la caresse, elle se plaqua contre lui.

Même si sa raison lui disait qu'elle était irresponsable en cédant une nouvelle fois à l'envie de s'abandonner à cette ivresse, elle ne pouvait faire autrement. C'était avec lui, et lui seul, qu'elle voulait vivre cet enchantement. Et tant pis s'il était éphémère.

Ce fut presque en ronronnant de plaisir, qu'elle passa la langue sur la peau salée de Dario.

Il la serra plus étroitement.

Alissa exulta de bonheur en sentant la preuve flagrante qu'il éprouvait un désir aussi impétueux que le sien. Elle entreprit alors de faire glisser son bassin contre son bas-ventre, en une danse lascive.

Brusquement, Dario l'immobilisa.

— Alissa ! Tu es sûre ?

Elle ne répondit pas. Ne percevait-il pas cette force vitale qui palpitait en elle ? Elle reprit son lent mouvement, et fut récompensée par la puissance de son érection.

— Alissa, gémit-il d'une voix où perçait une mise en garde.

Tous les sens à fleur de peau, elle aurait été bien incapable de résister au besoin irrépressible qui la faisait vibrer. La virilité triomphante de Dario était un violent aphrodisiaque.

De plus, n'avait-elle pas payé pour apprendre que le bonheur était un bien rare sur cette terre ? Elle était donc fermement décidée à jouir de la moindre parcelle de félicité qui s'offrait à elle. Peut-être n'aurait-elle plus jamais l'occasion de vivre quelque chose d'aussi magique…

Elle se hissa jusqu'à la bouche de Dario et s'en empara avec avidité. Au contact de sa barbe naissante, sous ses paumes, elle fut transpercée par une flèche de plaisir.

Lorsqu'elle se redressa pour le chevaucher, Dario fut secoué d'un spasme qui la fit trembler.

Il prit sa tête entre ses mains pour mieux mêler leurs langues. Un instant seulement, il relâcha son étreinte pour libérer son sexe du fragile carcan de son caleçon.

Ivre de volupté, Alissa ondula sur lui. Une impatience fiévreuse la submergea quand Dario passa la main sur sa poitrine gonflée de désir. Puis il referma les mains sur ses seins et en titilla les aréoles durcies, faisant monter en elle des vagues successives d'une indicible jouissance.

Allait-elle oser plonger son regard dans les profondeurs de ses yeux anthracite, pour y chercher la preuve qu'il ressentait jusqu'aux tréfonds de son âme la même faim dévorante qu'elle ?

Au dernier moment, elle renonça. Elle avait trop peur de n'y lire qu'un banal besoin d'assouvir une pulsion physique, teinté peut-être d'une once de pitié au souvenir des confessions qu'elle lui avait faites sur les mauvais traitements endurés dans son enfance.

Elle choisit de garder les paupières closes. Mieux valait se contenter des délices que lui offrait cette étreinte enflammée. Et essayer de se convaincre que cela lui suffisait.

Elle laissa échapper une plainte sourde lorsqu'elle sentit qu'il la prenait par la taille pour la soulever, mais n'eut pas le temps de protester. Avec ravissement, elle comprit qu'il se préparait à la pénétrer.

— Dario, susurra-t-elle.

Bouleversée, elle l'accueillit. Même dans la passion de leur première nuit, elle n'avait jamais eu le sentiment qu'il venait aussi parfaitement se glisser au plus profond d'elle.

Il l'agrippa par les hanches et se mit en mouvement entre ses reins, accélérant peu à peu le rythme, lui arrachant des gémissements de plaisir. Ses assauts se firent de plus en plus fougueux, de plus en plus inexorables, jusqu'à ce qu'explose en elle un orgasme foudroyant, qui la jeta pantelante contre son torse. Elle était encore secouée de spasmes violents quand il s'abandonna à son tour dans un cri rauque. Pendant de longues minutes, ils jouirent ensemble des derniers frissons de l'extase.

Dario enlaça étroitement Alissa, ébloui par la perfection de l'instant qu'ils venaient de partager. Jamais il n'avait éprouvé pareil émerveillement. Comment pouvait-elle se donner à lui avec une telle générosité après ce qu'il lui avait fait endurer ?

Mais pourquoi avait-elle gardé les yeux clos pendant qu'ils faisaient l'amour ? Il aurait tant aimé y voir la certitude que ce qu'elle ressentait pour lui allait bien au-delà du simple plaisir physique. Pour la première fois de sa vie, il voulait posséder jusqu'à l'âme d'une femme.

Que diable lui arrivait-il ?

Trois heures plus tard, douché, rasé de près, habillé, Dario regardait Alissa, qui s'était rendormie. Il ne lui avait pas vu un visage aussi détendu depuis des semaines. Elle n'en était que plus belle.

Tandis qu'elle émergeait progressivement du sommeil,

il ne put s'empêcher d'éprouver une angoisse diffuse en se demandant quelle pourrait bien être sa réaction au souvenir de ce qui venait de se passer entre eux.

Il ne pouvait plus se leurrer : sans qu'il en comprenne la raison, Alissa avait pris dans sa vie une place capitale. Il avait désespérément besoin d'clle.

Tout au moins jusqu'à ce que la fascination qu'elle lui inspirait s'émousse — ce qui arriverait inévitablement.

— Bonjour Dario, murmura-t-elle d'une voix voilée. Je ne pensais pas te trouver là.

— Bonjour, Alissa. Bien dormi ?

— Oui…

Elle s'interrompit, et Dario eut l'impression qu'elle choisissait avec précaution les mots qui allaient traduire sa pensée.

— Au sujet de cette nuit, reprit-elle. Je voulais te dire… Je te remercie.

Sous le choc, Dario bondit sur ses pieds. Elle le *remerciait* ! S'il y avait bien une chose à laquelle il ne s'était pas attendu, c'était qu'elle lui exprime de la gratitude. Il n'avait pas besoin de ses remerciements, que diable ! Il voulait seulement qu'elle ait autant besoin de lui qu'il avait besoin d'elle.

— Je ne vois pas pourquoi tu me serais reconnaissante…

— Mais si, insista-t-elle.

Son évidente sincérité le désarçonna. Elle dardait sur lui son regard d'azur, d'une pureté sans nuages.

— Je veux que tu saches, ajouta-t-elle, que jusqu'à ce que nos routes se séparent, je serai *vraiment* ta femme.

Face à la sérénité qu'elle affichait, Dario ne put s'empêcher d'éprouver de la déception.

Où était la passion qu'il avait osé espérer ?

On aurait pu croire qu'elle parlait affaires. Cependant, il avait trop envie d'elle pour refuser son offre.

— Merci, *moglie mía*, dit-il en s'asseyant près d'elle.

Il lui prit la main pour en embrasser tendrement la

paume. L'entendre retenir sa respiration le soulagea. Même si elle ne l'avouait pas, la flamme qui le consumait brûlait en elle aussi. Pourtant, c'était par gratitude qu'elle choisissait de continuer à partager son lit. Ce qui ne laissait pas de le blesser profondément dans son amour-propre.

Il semblait bien que, pour une fois, il désirât une femme plus qu'elle ne le désirait.

Cela ne durerait pas…, se promit-il en se levant.

— Pour l'instant, tu m'excuseras mais j'ai à faire.

Les yeux rivés sur la porte qui venait de se refermer derrière Dario, Alissa sentit son cœur se serrer.

Lorsqu'il avait déposé ce si doux baiser dans sa main, elle s'était reprise à espérer. Mais lorsqu'il avait relevé la tête, il n'y avait pas eu la moindre étincelle dans son regard. Quant à l'expression qu'elle avait vu se peindre sur son visage, lorsqu'elle l'avait remercié, elle n'aurait pu être plus sévère.

Pourtant, qu'y avait-il d'étonnant à ce qu'elle lui exprime sa reconnaissance pour le réconfort qu'il avait su lui prodiguer la veille ? Il avait eu la correction de ne pas profiter de son moment de faiblesse. Au creux de ses bras, elle s'était senti protégée comme jamais auparavant. Et il avait su l'écouter avec une infinie patience.

Ne se rendait-il pas compte que, pour la première fois de sa vie, Alissa était prête à faire confiance à un homme ?

Et qui sait ? Peut-être Dario finirait-il par éprouver de réels sentiments à son égard ? Elle savait désormais qu'il n'était pas aussi inhumain qu'il voulait bien le laisser paraître.

Mais n'allait-elle pas au-devant de douloureuses déconvenues ?

13.

Le soleil descendait à l'horizon. Sur la place du petit village sicilien, la fête battait son plein. Cédant aux vivats et aux applaudissements de la foule, Dario se leva pour rejoindre le maire sur l'estrade décorée de fleurs.

Alissa le suivit des yeux tandis qu'il traversait les groupes de villageois. Tout le monde voulait l'embrasser, lui serrer la main, l'étreindre. Elle avait fait suffisamment de progrès en italien pour comprendre l'essentiel du discours du premier magistrat de la commune. Il n'avait pas tari d'éloges sur tous les bienfaits que Dario avait prodigués à la petite bourgade.

Pour tous ces gens, il était un véritable héros.

Elle-même avait eu la preuve de son immense générosité : c'était grâce à lui que Donna était sauvée. De plus, il avait fait le nécessaire pour les aider, David et elle, à redresser leur situation financière.

Arriverait-elle un jour à percer le mystère de sa personnalité ?

Quant à savoir ce qu'il éprouvait pour elle, cela restait tout aussi énigmatique. Parfois, elle aurait juré qu'il ressentait toute la force de ce lien qui s'était tissé entre eux au fil des mois. Puis, à d'autres moments, il semblait se retirer derrière des murailles infranchissables.

Elle laissa son regard s'attarder sur Dario, debout sur l'estrade. On eut dit qu'il tenait la foule rassemblée sur la placette au creux de sa main.

En réalité, c'était son bonheur à elle qu'il tenait dans sa large paume.

Un homme assis près d'elle s'inclina pour lui parler.

— Votre mari est la bénédiction de ce village, *signora* Parisi. Nous avons beaucoup de chance qu'il soit revenu vivre parmi nous. Les choses étaient bien différentes quand nous étions sous la coupe du vieux Cipriani.

Alissa sursauta.

— Le père de Bianca ? Celui qui s'est suicidé ? Que voulez-vous dire ?

— Je préfère ne pas dire du mal des morts…

L'homme se tourna pour serrer la main de Dario, qui venait de les rejoindre ; puis il s'éloigna.

— Que dirais-tu de rentrer à la maison, *tesoro* ? proposa-t-il avec un sourire qui la fit fondre. Nous pourrions poursuivre cette petite fête en privé ?

La promesse de plaisir qu'elle percevait dans les accents si sensuels de sa voix grave la fit frémir. Elle lui tendit la main.

— Oui, rentrons.

Quelques minutes plus tard, la Lamborghini filait à vive allure sur la route qui longeait la mer.

Dario avait retiré sa veste et, les manches de sa chemise roulées sur ses avant-bras, il paraissait plus sexy que jamais. Pour une fois, il semblait avoir laissé de côté tous les soucis que lui valaient ses affaires et ses nombreuses responsabilités.

— Qu'est-ce qui te tracasse ? demanda-t-il sans même se tourner vers elle. Pourquoi me regardes-tu ainsi ?

Elle hésita, puis décida de se jeter à l'eau.

— Parle-moi du *signor* Cipriani. Des rumeurs circulent, et je me demandais si…

— Si je suis vraiment responsable de son suicide ?

Même s'il n'y avait pas dans sa voix la moindre tension, toute l'insouciance dont Alissa s'était réjouie quelques instants plus tôt avait disparu. Il serrait le volant à en faire blanchir ses jointures, et sa mâchoire s'était crispée.

Alissa regretta son audace, mais avant qu'elle ait le temps de se rétracter, Dario avait garé la voiture au bord de la plage.

— Viens, lança-t-il en ouvrant la portière. Allons marcher.

Il lui prit la main, sans la moindre complicité. Où était donc passé le sentiment d'intimité qui les avait rapprochés tout au long de l'après-midi ? Est-ce qu'elle s'était fait des idées ?

Alissa refoula les larmes qui lui montaient aux yeux. Finirait-elle un jour par savoir à quoi s'attendre avec Dario ? Pour l'instant, la seule chose dont elle était certaine, c'est qu'elle n'était pas prête à le quitter. Or, contractuellement, il ne leur restait plus que deux mois à passer ensemble.

Ils avaient presque atteint le bord de l'eau lorsque Dario se décida à parler.

— C'est vrai, fit-il d'une voix sourde. C'est à cause de moi qu'il est mort.

— Non ! s'exclama Alissa en nouant ses doigts aux siens.

D'instinct, elle était certaine qu'il ne pouvait être à l'origine d'un tel geste.

Dario l'attira à lui, et son regard sombre se vrilla au sien.

— Comment peux-tu être sûre que ce n'était pas ma faute ? questionna-t-il.

— Je le sais, c'est tout. Je le sens.

Quelques instants, Dario garda les yeux rivés à ceux d'Alissa. Puis, il l'entraîna de nouveau sur le sable.

— Guido Cipriani possédait une entreprise qui avait autrefois appartenu à ma famille. Je lui avais fait une offre honnête pour la racheter, qu'il avait refusée. C'était un joueur invétéré. Petit à petit, il a commencé à taper dans la caisse pour couvrir ses pertes. Lorsque ses malversations ont été sur le point d'être découvertes, il s'est décidé à me vendre l'affaire pour régler ses dettes. Mais il ne lui restait plus de quoi subvenir aux besoins de sa famille. Il a préféré se supprimer plutôt que d'affronter ce déshonneur.

— Tu vois bien, s'enflamma Alissa, tu n'es pour rien dans son décès. Ce n'est pas toi qui l'as poussé à vendre !

Dario la serra dans ses bras, et elle sentit son cœur battre contre son oreille.

— Ce que je ne comprends pas, reprit-elle lorsqu'il s'écarta, c'est que Bianca n'a pas l'air d'être particulièrement dans la misère.

— Je n'allais pas laisser sa veuve et sa fille dans le dénuement. J'ai ajouté ce qu'il fallait au prix de l'entreprise afin de les mettre à l'abri.

Alissa retint à grand-peine des larmes d'émotion. Y avait-il plus noble que le code de l'honneur auquel obéissait cet homme ? Non seulement il se sentait coupable d'une mort dans laquelle il n'avait rien à voir, mais de plus, il trouvait le moyen d'en réparer le préjudice.

Elle se hissa sur la pointe des pieds et déposa un baiser sur sa joue, avant d'aller s'asseoir sur la grève.

Quand il la rejoignit, la question qui taraudait Alissa depuis tant de mois lui brûla les lèvres. Il semblait prêt aux confidences, et c'était peut-être la seule occasion qui lui serait donnée de comprendre enfin qui était Dario Parisi.

— Dario, pourquoi est-il si important pour toi de racheter tous les biens qui avaient appartenus à ta famille ?

— J'en ai fait la promesse à mon père avant sa mort. C'est un devoir.

Il se tut. Alissa lui jeta un regard en coin. Son profil avait pris une dureté minérale.

— Etait-il décédé depuis longtemps quand tu as cherché à reprendre le *castello* à mon grand-père ?

— Mangano ne t'a jamais raconté ?

— Non. Tout ce dont il m'a parlé, c'est de la vieille

querelle qui opposait nos deux familles depuis qu'une de ses sœurs avait été abandonnée par un Parisi.

— Mon père était ruiné, mais pas un jour ne se passait sans qu'il parle de redonner son lustre et son honneur à notre nom. Un jour, une occasion s'est présentée : il pouvait réaliser une affairc financière, qui le remettrait en selle. Pour cela, il nous fallait quitter la Sicile pour le nord de l'Italie. J'avais sept ans.

La voix de Dario se brisa, et Alissa comprit qu'il était sur le point de lui révéler toute la tragédie.

— Que s'est-il passé ? chuchota-t-elle.

— Il y a eu un terrible orage pendant que nous étions sur le ferry. Ce dernier était tellement chargé qu'il ne lui a pas fallu longtemps pour sombrer. Les canots de sauvetage étaient en nombre insuffisant. Mon père a voulu que je parte, avec ma mère et mon petit frère, Rocco. Il m'a dit qu'il me les confiait.

Dans le silence seulement troublé par le clapotis des vagues, Alissa avait l'impression que chacune des paroles de Dario s'enfonçaient dans sa chair comme des balles de fusil.

— Et… ils ont… ils sont…

— Notre chaloupe s'est renversée. J'ai tenu Rocco à bout de bras tant que j'en ai eu la force. Mais je n'ai pas été capable de le sauver, pas plus que ma mère. On n'a jamais retrouvé leurs corps…

Alissa se redressa sur ses genoux et prit Dario dans ses bras. Elle le serra contre elle, comme s'il était encore le malheureux enfant qui avait perdu en une nuit tous ceux qu'il aimait. A cette idée, son cœur saignait.

— Qu'es-tu devenu après ça ? demanda-t-elle d'une voix étouffée par les larmes.

— On m'a placé dans un orphelinat, sur le continent. J'y suis resté jusqu'à ce que je sois en âge de voler de mes propres ailes. C'est là que j'ai connu Caterina.

— Et ensuite ?

— Ensuite, je suis rentré en Sicile. J'étais simple ouvrier. Mais je me suis vite rendu compte que j'étais doué pour les affaires. Je n'ai pas tardé à monter ma propre entreprise.

— C'est pour cela que tu en voulais autant à mon grand-père…

— Oui. S'il n'avait pas tout fait pour ruiner mon père, rien de tout cela ne serait arrivé.

Tout s'éclairait pour Alissa. Gianfranco n'avait pas seulement dépouillé Dario de ses biens : il lui avait volé sa famille, son avenir, sa vie même. Comment s'étonner après cela que Dario ait autant détesté les Mangano ?…

Tandis qu'elle le serrait contre sa poitrine, elle comprit avec une violence terrible que rien ne serait possible entre eux. Quelque réconfort qu'elle lui apporte, quel que soit le plaisir qu'il prenait avec elle, elle ne serait jamais pour lui que la petite-fille de Gianfranco Mangano.

Au cours des semaines passées — même dans les moments où ils avaient été le plus proche —, elle avait toujours senti comme une invisible barrière entre eux. Maintenant, elle savait pourquoi : aux yeux de Dario, elle était le souvenir incarné de sa tragique enfance.

Tous les fragiles espoirs, qui avaient commencé à germer dans son esprit, fanèrent subitement.

C'était bien le pire moment pour se rendre enfin compte qu'elle était désespérément amoureuse de cet homme…

14.

— Non, Donna. Tu ne peux pas parler à ta sœur. Elle dort encore.

Dario eut un sourire en coin. Alissa s'était endormie au petit matin, exténuée et repue après la nuit d'amour qu'ils avaient passée.

La veille, sur la plage, il avait mis son âme à nu devant elle. Sans trop qu'il comprenne comment, il était redevenu dans ses bras le petit garçon frêle à qui on venait d'apprendre qu'il n'avait plus aucune famille.

Finalement, il était heureux d'avoir pu enfin se confier ! Il se sentait régénéré, comme s'il venait de renaître à la vie. Une énergie nouvelle l'habitait ; son sang bouillonnait dans ses veines.

Et tout ça, il le devait à Alissa.

Après ses confessions, ils avaient fait l'amour sur la plage avec une exaltation fervente. Puis, une fois rentrés à la villa, ils avaient poursuivi leurs folles étreintes jusqu'aux petites heures de l'aube. Jamais rassasiés, en proie tous deux à une passion sauvage et douce à la fois.

Epuisés par leurs ébats, ils s'étaient endormis dans les bras l'un de l'autre.

Avant de sombrer, Dario avait juste eu le temps de penser que son âme endurcie n'avait jamais connu un tel repos.

Alissa était… extraordinaire, tellement…

— … lorsqu'elle rentrera en Australie.

La voix de sa belle-sœur venait d'interrompre le cours de ses rêveries.

— Pardon ? Que dis-tu Donna ?

— Je disais qu'Alissa viendra certainement passer quelque temps chez nous avant de regagner Melbourne, lorsqu'elle rentrera en Australie.

Dario fronça les sourcils.

— Qu'est-ce qui te fait croire qu'elle a l'intention de retourner vivre à Melbourne ?

— Ça va, Dario. Ne te fatigue pas. Alissa m'a tout expliqué au sujet de votre arrangement. Et les six mois vont bientôt s'achever. Je sais qu'il lui tarde de retrouver sa vie d'avant…

La douleur transperça Dario jusqu'au cœur. Ainsi, c'était ce qu'Alissa avait confié à sa sœur ! Dans le maelström d'émotions qui l'emportait comme un fétu de paille, il n'eut aucun mal à identifier celle qui dominait.

La peur !

L'idée qu'Alissa puisse le quitter le terrifiait.

Tout à coup, tout se mit en place dans sa tête. La vérité lui apparut dans son incroyable clarté. Habitué à se fier à son instinct, il n'hésita pas une seconde sur ce qu'il avait à faire.

— Alissa a changé d'idée, Donna, déclara-t-il d'une voix ferme. Elle reste avec moi. Pour toujours.

Alissa se cramponna au montant de la porte. Elle n'en croyait pas ses oreilles. Pourquoi Dario mentait-il aussi effrontément à sa sœur ?

Un instant, un espoir fou germa en elle.

Mais, non ! Pour que ce qu'il disait soit vrai, il aurait fallu que Dario soit amoureux d'elle. Or, il n'aimait que le souvenir de sa famille disparue.

La nuit passée, elle s'était donnée à lui avec l'énergie

du désespoir — celui de savoir que c'était certainement la dernière fois qu'ils faisaient l'amour. Car comment aurait-elle pu continuer, alors que cela ne faisait qu'alimenter en elle des sentiments qu'il ne lui rendrait jamais ?

Il fallait qu'elle se sauve tant qu'elle en avait encore le courage.

Sans faire de bruit, elle entra dans le bureau.

A l'entendre continuer à raconter à Donna ce qu'elle savait n'être que des boniments, elle sentit la colère monter en elle. Elle croisa les bras sur sa poitrine, et attendit.

Dario reposa le combiné et tourna son regard vers la baie vitrée, dans laquelle s'encadrait le *castello.* S'il était amoureux de quelque chose, c'était bien de ce tas de pierres !

S'en souvenir la mit en rage et lui donna la force de l'affronter.

— Pourquoi mens-tu ainsi à ma sœur ?

Dario fit brusquement volte-face. Un instant, son beau visage refléta une surprise choquée. Mais, très vite, il retrouva l'impassibilité qu'il savait si bien montrer. Cette réserve ne fit que renforcer la détermination d'Alissa. C'était lorsqu'il laissait paraître son autre visage — l'homme vulnérable et tendre — que Dario parvenait à briser ses défenses.

— Il faut que nous parlions, Alissa.

— Je crois, oui, murmura-t-elle en traversant la pièce. Tu ne manques pas de culot d'inventer de pareilles histoires !

Pourtant, que n'aurait-elle donné pour que cela soit vrai ! Pour qu'il ait décidé de la garder à jamais près de lui ! Pour qu'il l'aime…

Le regard qui se planta dans le sien avait la couleur d'un ciel d'orage.

— Même si tu ne m'avais pas entendu parler à Donna, j'avais prévu d'avoir cette discussion avec toi dès que possible. J'ai beaucoup réfléchi. Pourquoi ne resterions-nous pas ensemble, après tout ?

Alissa eut l'impression que ses jambes ne la portaient plus. Elle s'appuya au bureau. Son cœur battait à tout rompre.

— Que veux-tu dire ? demanda-t-elle d'une voix blanche.

— Au début, ça a été difficile entre nous ; mais nous avons fini par nous entendre. Je sais que tu te plais ici. Tu t'es adaptée à mon mode de vie. Adaptée à *moi*. Nous sommes bien ensemble.

Alissa se mordit l'intérieur de la joue pour ne pas hurler son dépit. Comment avait-elle pu être assez bête pour imaginer qu'il allait lui déclarer son amour ?…

— Tout ce qui compte pour toi, lança-t-elle d'un ton âpre, c'est que nous nous entendons bien au lit. C'est cela ?

Le sourire qui éclaira le visage de Dario lui serra le cœur.

— Tu ne vas pas dire le contraire, *tesoro*. Il y a entre nous une extraordinaire alchimie sexuelle, non ?

C'était donc ainsi qu'il concevait leur histoire. Une banale *relation sexuelle* ! Pour sa part, elle avait donné jusqu'à son âme à l'homme qu'elle aimait. Elle contint difficilement ses larmes.

— C'est la seule raison pour laquelle tu veux que nous restions mariés ?

Dario demeura silencieux un long moment. Allait-il enfin se décider à dire ce qu'elle voulait si désespérément entendre ?

— Tu sais bien que je me sens responsable…, reprit-il d'une voix hésitante. Je t'ai obligée à… à m'offrir ta virginité et…

— Non !

Alissa ne pouvait pas le laisser poursuivre. L'entendre dire qu'il restait avec elle à cause de son sentiment de culpabilité était au-dessus de ses forces. Elle eut l'impression que son cœur se brisait en mille éclats.

Dario s'approcha. Sur son visage elle vit l'incompréhension le disputer à une volonté obstinée.

— Mais enfin, Alissa, pourquoi nies-tu l'évidence ? Tu m'appartiens. Ton corps, lui, ne ment pas.

Elle se tourna vers la baie vitrée pour dissimuler ses larmes. Pourrait-il jamais comprendre que cela ne lui suffisait pas ? Il lui sembla soudain que son désespoir creusait en elle un trou qui ne pourrait être comblé. Dario ne lui appartiendrait jamais comme elle le voulait. Il ne l'aimerait jamais.

— Ce n'est pas moi qui ai choisi de venir ici, fit-elle d'une voix tremblante. Tu m'y as obligée. Maintenant, il te paraît opportun que nous restions mariés. Et tu essaies de me contraindre à accepter en disant à Donna que c'est moi qui ai changé d'avis. Je ne suis pas un pion sur un échiquier, Dario. Pour une fois, j'aimerais qu'on me laisse prendre mes propres décisions.

— Tu penses vraiment que je cherche à te manipuler ?

— Ce n'est pas ce que tu fais ? Ça y ressemble fort, pourtant !

— Alors tu penses que je suis comme ton grand-père ? Que je veux t'avoir sous ma coupe ?

Alissa secoua la tête. Bien sûr que non : Dario n'avait rien de commun avec ce monstre qu'était Gianfranco Mangano. Il était seulement incapable d'aimer.

— Je dis juste…

— Arrête ! Tu as été parfaitement claire. Puisque c'est ce que tu souhaites, tu peux partir immédiatement. Prépare tes bagages. Je vais te réserver une place d'avion. La limousine t'attendra.

Dario avait parlé avec les mêmes accents méprisants que lors de leur première rencontre. Lorsqu'il se tut, Alissa eut le sentiment que même le silence qui suivait ses paroles était lourd de reproches.

Puis elle entendit le bruit de ses pas qui s'éloignaient, et le claquement de la porte derrière lui.

Tout était fini.

Alissa laissa les pleurs couler sur ses joues, et s'affaissa sur le sol.

Elle était libre, certes, mais sa victoire avait un goût de cendres…

Assise sur la large banquette de la limousine, Alissa regardait une dernière fois le paysage à travers ses larmes. Fièrement dressées au bord de la falaise, les sévères murailles du *Castello* Parisi semblaient la railler. L'antique bâtisse continuerait à faire partie de la vie de Dario alors même que ce dernier n'aurait plus le moindre souvenir d'elle !

Le passé avait triomphé.

Ce fut seulement au moment où la sinistre silhouette disparaissait dans la lunette arrière que le cerveau d'Alissa se remit à fonctionner normalement.

Sous le choc, elle sentit son estomac se contracter. Dario l'avait laissée partir alors que les six mois fatidiques n'étaient pas écoulés ! Ils n'hériteraient pas ! Il venait de se priver de tout espoir d'acquérir ce pour quoi il avait lutté toute sa vie.

15.

Debout sur la plage, les mains profondément enfoncées dans les poches de son pantalon, Dario fixait la mer.

Le scintillement des flots lui rappelait inexorablement le pétillement joyeux du regard d'Alissa.

Elle avait apporté dans sa vie une passion qu'il ne croyait pouvoir connaître. Et réveillé des émotions qu'il pensait enfouies pour toujours. A l'idée qu'il ne la reverrait jamais, il eut l'impression que son cœur allait exploser dans sa poitrine.

Dire qu'il s'était bercé de l'espoir qu'elle éprouvait la même chose que lui ! Mais cela n'avait été qu'une illusion.

Une vague de désespoir l'engloutit.

S'il n'avait pas rencontré Alissa, il serait éternellement resté cet homme muré dans sa solitude et sa fierté. Mais ce qu'elle lui avait aussi révélé de lui-même n'avait rien de très glorieux. Il avait eu avec elle une conduite méprisable. En lui offrant de l'argent pour se donner à lui, il l'avait ravalée au rang de prostituée. Sans tenir aucun compte de ses désirs, il s'était servi d'elle pour assouvir ses instincts. Sans se poser la moindre question, il avait tenu pour acquis qu'il satisfaisait ses besoins.

De plus, au cours des semaines passées avec elle, il n'avait tiré aucune leçon de ses erreurs. Lorsqu'il avait compris qu'il ne voulait plus la laisser repartir, il avait cherché à la manipuler une nouvelle fois pour qu'elle accepte. Elle qui avait passé l'essentiel de sa vie à lutter contre la domination d'un grand-père tyrannique !

Et qu'avait-il à lui offrir, hormis cette obsession de redorer le blason des Parisi ?

Aujourd'hui, il comprenait enfin que nulle richesse, nul prestige, nul pouvoir, ne parviendrait à combler ce vide abyssal en lui. Le vide qu'Alissa avait laissé en le quittant.

Il soupira. Oui, elle avait eu raison de partir…

Cela ne l'empêchait pas d'être déjà en train de réfléchir à la stratégie à adopter pour la convaincre de revenir. Car il lui était impossible de renoncer à Alissa. Il ne…

— Dario !

D'où venait cette voix ? Rêvait-il ? Le désespoir lui faisait-il perdre la raison ?

Il fit volte-face, et faillit entrer en collision avec la silhouette qui arrivait en courant du sentier menant à la villa.

— Alissa ?

Il avait prononcé son prénom d'une voix haletante — une voix qui disait assez à quel point il avait besoin d'elle. Mais peu lui importait : Alissa était là, et cela seul comptait !

Il saisit ses petites mains dans les siennes et planta son regard dans ses yeux si magnifiquement bleus.

Elle était là, devant lui !

La tentation était presque insurmontable de la serrer dans ses bras à l'étouffer, de l'embrasser jusqu'à ce que plus rien n'existe autour d'eux. Mais se laisser aller à ce genre de pulsions n'avait fait que le conduire à l'échec. Cette fois, il serait plus prudent.

Alissa fronça les sourcils, tandis qu'une boule se formait dans sa gorge. Pourquoi Dario ne la prenait-il pas dans ses bras, comme elle l'espérait ? Pourquoi n'effaçait-il pas de ses baisers tous ses doutes, et ses interrogations ?

Soudain, elle se dit qu'elle avait fait une épouvantable erreur en revenant vers lui. Elle sentit son sang se glacer dans ses veines.

— Je... je suis revenue parce que..., bredouilla-t-elle.

— Oui ?

Ni sa voix ni son expression indéchiffrable ne révélaient ce que Dario pouvait bien éprouver. La seule chose qui laissait un peu d'espoir à Alissa, était la veine qui palpitait à la base de son cou. Ainsi que la manière dont il broyait ses mains dans les siennes.

— J'ai... j'ai réalisé que le *castello* ne serait jamais à toi si je partais maintenant...

Il la lâcha brutalement.

— Tu n'es revenue que pour cela ?

Son regard avait pris des reflets métalliques. Alissa sentit tous ses espoirs s'effondrer.

— Je t'ai dit que je te libérais de ta parole, reprit-il d'une voix blanche. C'est sous ma contrainte que tu avais accepté ce marché. Ce n'était pas juste.

Il se passa la main dans les cheveux, et Alissa se demanda si elle l'avait vraiment vu trembler ou si son imagination l'avait abusée.

— Mais le *castello* est si important pour toi, protesta-t-elle.

Elle se rendit compte avec effroi qu'elle désirait tellement rester auprès de lui qu'elle était prête à tout pour les quelques semaines supplémentaires que prévoyait leur accord.

— Non ! Non...

N'éprouvait-il vraiment plus rien pour elle qu'il refuse même d'accepter son aide pour réaliser son vœu le plus cher ? Mais peut-être était-ce mieux ainsi après tout... Au désespoir, elle fit demi-tour pour repartir.

— Alissa !

Elle se figea en entendant la note de supplication dans sa voix.

— Si tu étais revenue pour autre chose que le *castello*… reprit-il, avant de s'interrompre de nouveau.

A peine lui avait-elle fait face qu'il l'étreignait dans ses bras puissants et la soulevait de terre.

L'émotion fit perdre la voix à Alissa. C'était tellement merveilleux d'être ainsi serrée contre l'homme qu'elle aimait ! De sentir son cœur battre à l'unisson du sien.

— Je croyais que le *castello* était toute ta vie, finit-elle par trouver la force de dire.

— Non, *tesoro*. C'était vrai *avant*. Ça ne l'est plus. Plus depuis que je suis tombé amoureux.

Il fallut quelques secondes à Alissa pour prendre la mesure de ce que Dario venait de dire.

Ne rêvait-elle pas ?

Elle essaya de s'écarter pour voir l'expression de son visage, mais il l'enserrait comme dans un étau.

— Le *castello* n'est jamais qu'un tas de pierres, enchaîna-t-il d'une voix sourde. Il compte bien moins que toi à mes yeux, *carissima*. C'est pourquoi j'ai préféré te laisser partir. Aucun château ne vaut la souffrance que je t'imposais en te retenant ici contre ta volonté. J'ai beau être lié par la promesse faite à mon père, je suis certain qu'il n'aurait pas voulu que je fasse du mal à la femme que je…

— Que tu ?…

— Que j'aime. Oui, je t'aime, Alissa. Comme je n'ai jamais aimé. Pendant des mois, j'ai essayé de me persuader que je n'éprouvais rien d'autre que du désir. Mais dès le début, je t'ai aimée.

Lorsqu'il se recula, Alissa vit briller dans ses yeux une lueur fervente qu'elle n'y avait jamais vue. Son visage rayonnait de tendresse. L'amour s'y lisait comme à livre ouvert. Elle ne pouvait plus douter.

Son cœur se gonfla de bonheur.

— Dario, murmura-t-elle d'une voix étranglée en passant la main sur sa joue. Tu ne m'avais jamais laissé supposer…

— Parce que je n'ai compris que lorsque tu es partie, Alissa. Comme j'ai alors réalisé que j'étais devenu exactement pareil à cet homme que j'avais tant haï : ton grand-père. C'est la raison pour laquelle je t'ai laissée partir : pour essayer de racheter le mal que je t'avais fait.

— Non, Dario. Tu ne lui ressembles en rien. J'en suis persuadée depuis longtemps. Et je t'aime aussi. Mais je pensais que tu n'éprouverais jamais la même chose que moi. C'est la seule raison qui m'empêchait de…

Dario la fit taire en capturant ses lèvres, en un baiser dans lequel se concentraient toute la passion, tout l'amour partagé, toute la confiance dont elle avait toujours rêvé. Et bien plus encore…

Lorsqu'il releva la tête, elle songea qu'il n'avait jamais été aussi magnifiquement beau qu'en ce moment où l'amour illuminait son regard.

— Alissa, dit-il d'une voix vibrante, veux-tu m'épouser ? Un vrai mariage. Ici, dans l'église du village. Entourés de tous ceux qui nous aiment. Je veux que tout le monde entende lorsque je promettrai de te chérir à jamais.

— Oui, Dario, répondit-elle dans un souffle. Je le veux.

collection Azur

Ne manquez pas, dès le 1er août

FIANCÉE À UN PLAY-BOY, *Mira Lyn Kelly* • *N°3145*

Lorsqu'elle revoit Nate Evans, Payton sent aussitôt renaître le désir fou qu'elle ressentait pour lui dix ans auparavant. Aussi n'a-t-elle guère la force de refuser quand il lui demande de se faire passer aux yeux de tous pour sa fiancée. Certes, il ne s'agit que d'une comédie destinée à tromper les paparazzis, mais à l'idée de se retrouver dans les bras de Nate, d'être embrassée par lui, Payton sent son cœur s'affoler…

L'AMANT DE BELLA TERRA, *Christina Hollis* • *N°3146*

Après une désastreuse histoire sentimentale, Kira s'est réfugiée en Toscane, sur le magnifique domaine de Bella Terra. Mais sa tranquillité est bientôt troublée par l'arrivée d'un nouveau propriétaire, le milliardaire Stefano Albani, un homme aussi insupportable que séduisant…

LA VENGEANCE D'UN MILLIARDAIRE GREC, *Abby Green* • *N°3147*

Angel n'a pas le choix : si elle veut offrir à sa sœur les moyens d'élever décemment son bébé, elle va devoir accepter l'ignoble marché de Leo Parnassus — le milliardaire grec ennemi de sa famille — et devenir sa maîtresse…

SOUS LE CHARME DE SON PATRON, *Maggie Cox* • *N°3148*

Lorsque Paul Walker, le célèbre écrivain qu'elle vient de rencontrer à une soirée, lui propose un poste d'assistante, Maya a l'impression de rêver. Avant de se prendre à douter. Ne serait-il pas dangereux de côtoyer chaque jour cet homme si séduisant, mais inaccessible, au risque de tomber amoureuse de lui ?

UN FASCINANT INCONNU, *Jennie Lucas* • *N°3149*

Alors qu'elle s'est isolée quelques minutes pour échapper à la foule qui se presse à son mariage, célébré en Suède, Rose est prise à partie par un inconnu visiblement furieux. A la fois paniquée et sidérée, Rose est forcée d'écouter cet inconnu lui expliquer que celui qu'elle vient d'épouser est un imposteur, un homme déjà marié…

POUR UN REGARD DE LUI, *Emma Darcy* • *N°3150*

Lassée de passer toujours inaperçue dans les réceptions organisées par sa mère, Ivy décide, pour un soir, de s'habiller de façon sexy et féminine. Une résolution qui lui vaut bientôt l'attention du plus bel homme de la soirée, Jordan Powell, un don Juan notoire…

UNE HÉRITIÈRE REBELLE, *Kate Hardy* • *N°3151*

Sur un coup de tête, Allegra décide de quitter Londres pour s'occuper des vignes dont elle vient d'hériter. Tout semble idyllique. Sauf qu'Allegra apprend bientôt qu'elle est propriétaire du domaine à égalité avec Xavier Lefèvre, l'homme dont elle était éperdument amoureuse dix ans plus tôt, et qui l'a abandonnée sans une explication…

LE DÉFI DE ZAREK DIAKOS, *Margaret Mayo* • *N°3152*

S'il ne se marie pas bientôt, Zarek verra sa part de l'entreprise familiale tomber dans les mains de son frère, prêt à tout dilapider. Une seule solution : trouver une femme, et vite. Et qui pourrait mieux remplir ce rôle que Rhianne, la délicieuse assistante qu'il vient d'engager ?

UN SÉDUISANT GARDE DU CORPS, *Sandra Marton* • *N°3153*

- *La saga des Orsini* - 3ème PARTIE

En acceptant à contrecœur de veiller sur la sécurité d'Ellie Bisette, Falco s'attendait à une mission difficile. Or, celle-ci est rendue plus périlleuse encore par le désir qu'il ressent bientôt pour la jeune femme…

LE SECRET D'UNE BALFOUR, *Carole Mortimer* • *N°3154*

- *L'héritage des Balfour* - 6ème PARTIE

Alors qu'elle séjourne au bord du lac Garda, Annie se retrouve face à Luca de Salvatore, qu'elle n'a pas vu depuis des années. Avec une angoisse grandissante, elle se demande comment elle va pouvoir lui cacher qu'elle a un petit garçon. Un enfant dont il est le père…

Attention, numérotation des livres pour le Canada différente : numéros 1673 à 1678

A paraître le 1er juillet

Best-Sellers n°470 • suspense

Ombres sur Black Falls - Carla Neggers

Hannah Shay est enfin parvenue à montrer aux habitants de Black Falls, le petit village de montagne où elle est née, ce dont elle est capable : le café qu'elle y a ouvert est un succès et elle va bientôt devenir magistrate. Mais quand son établissement se retrouve au cœur d'une enquête sur une série de crimes violents perpétrés dans le domaine montagneux des Cameron, Hannah est pétrifiée d'angoisse. D'autant plus que Bowie, son ami d'enfance est soupçonné par la police d'être mêlé à ce cauchemar… Hannah refuse d'y croire, et les soupçons de Sean Cameron, revenu à Black Falls pour tenter de démasquer l'assassin de son propre père, l'une des victimes, n'y changeront rien. Sean… Un homme intrépide qu'adolescente, elle aimait en secret, et qui tente aujourd'hui de la convaincre de participer à ses recherches. Que faire ? Car tout comme Sean, Hannah sent que le tueur va bientôt frapper… et il pourrait bien se trouver plus près d'eux qu'ils ne le pensent.

Best-Sellers n°471 • suspense

Face au danger - Brenda Novak

Traumatisée par la violente agression dont elle a été victime trois ans auparavant, Skye Kellerman a mis du temps à surmonter ses angoisses. Ce n'est que depuis peu qu'elle reconstruit son existence autour de l'association d'aide aux victimes qu'elle a créée en Californie avec deux amies. Mais quand elle apprend que son agresseur, Olivier Burke, est sur le point d'être libéré pour bonne conduite, bien avant la fin de sa peine, toutes ses peurs ressurgissent brutalement : comment oublier que c'est son propre témoignage qui a permis d'envoyer cet homme derrière les barreaux ? Lui n'a certainement pas oublié qu'il a tout perdu par sa faute. Le temps presse et Skye n'a qu'une solution : faire ce qu'il faut pour que Burke ne sorte pas de prison, en commençant par prouver son implication dans trois affaires de meurtres survenues à l'époque de son agression, et qui n'ont jamais été résolues... Heureusement, elle peut compter sur l'aide et le soutien inconditionnel de l'inspecteur David Willis, qui est venu la trouver. Car lui aussi en est convaincu : Burke n'en restera pas là.

Best-Sellers n°472 • thriller

La proie du silence - Karen Rose

L'incendie criminel de Minneapolis dans lequel Tracey, une adolescente atteinte de surdité, a trouvé la mort en pleine nuit, est un véritable choc. Ecœurée par le sort de cette toute jeune fille que son handicap a sans doute empêché de fuir suffisamment tôt, l'inspectrice Olivia Sutherland se sent prête à tout pour retrouver les coupables. D'autant plus que ses recherches l'orientent rapidement vers d'autres agissements sinistres : ceux d'un maître chanteur qui n'hésite pas à tuer les proies qui lui résistent. Perturbée par son enquête, Olivia l'est encore plus quand elle doit interroger David Hunter, le pompier qui a risqué sa vie lors de l'incendie pour tenter de sauver Tracey. David, un homme secret et mystérieux qu'elle a aimé autrefois, et qui lui a brisé le cœur. Elle accepte pourtant l'aide qu'il lui propose pour mettre la main sur ce criminel cynique et calculateur. Un criminel toujours proche mais jamais visible – et qui sème la mort sur son passage.

Best-Sellers n°473 • roman

Le printemps des rêves - Debbie Macomber

Séparée de son mari depuis peu, Rosie a bien du mal à prendre un nouveau départ. Non seulement Zach revendique la garde de ses enfants, mais les deux adolescents tumultueux lui mènent la vie dure. Heureusement, son métier d'institutrice la passionne et elle peut compter sur l'aide et la compréhension de son entourage. D'autant qu'elle n'est pas la seule à traverser une période de doute et de remise en question : Grace, qui habite non loin de là, essaye elle aussi de prendre un nouveau départ, même si elle a encore du mal à s'y retrouver dans sa vie sentimentale depuis la disparition brutale de son mari. Elle-même sait pouvoir compter sur sa meilleure amie Olivia, qui semble vouloir donner une nouvelle chance à sa relation avec Jack. Ainsi que sur sa fille aînée Maryellen qui, après des relations houleuses avec Jon, vient de mettre au monde une merveilleuse petite Katie. Bref, c'est tout un univers chaleureux qui aide Rosie à prendre en main son avenir et celui de ses enfants. Un univers où les gens finissent toujours par se retrouver car, à Cedar Cove, on n'est jamais très loin les uns des autres…

Best-Sellers n°474 • paranormal

Le papillon des ténèbres - Gena Showalter

Gideon, ténébreux guerrier mi-ange mi-démon, possède le pouvoir de détecter le mensonge et la tromperie. Pourtant, quand l'immortelle Scarlet se présente à lui, couronnée de sa chevelure d'ébène, il perd tous ses moyens. Envouté par son parfum d'orchidée, captivé par tant de beauté, il écoute son incroyable histoire, incapable de savoir si elle lui dit la vérité. Mais comment la croire quand elle lui affirme qu'elle a un jour été sa femme alors qu'il n'a aucun souvenir d'elle ? Et surtout, comment la protéger sans mettre en danger ses compagnons et sans se détourner de sa propre quête, celle qu'il poursuit comme prince des seigneurs de l'ombre ? Une force irrésistible le pousse néanmoins à vouloir connaître la vérité et comprendre ce qui l'attire en elle. Car bien au-delà du désir, Gideon sent qu'un lien très particulier l'unit à Scarlet. Un lien qui, s'il le découvrait, pourrait détruire celle qu'il commence à aimer…

Best-Sellers n°475 • thriller

Piège de neige - Lisa Jackson

Prisonnière du criminel pervers qu'elle traque depuis des semaines dans l'hiver glacial du Montana, l'inspecteur Regan Pescoli n'a plus qu'une obsession : s'échapper coûte que coûte. Aussi essaie-t-elle, dans le cachot obscur et froid où elle est enfermée, de dominer la terreur grandissante qui menace de la paralyser. Car ce n'est pas seulement sa vie qui est en jeu, mais également celle d'autres captives, piégées comme elles et promises à la mort.

Pour les sauver, autant que pour retrouver ses enfants et Nate Santana, l'homme qu'elle aime, Regan est déterminée à découvrir le point faible du tueur. Pour cela, il lui faudra aller au bout de son courage, de sa résistance physique… Et vaincre définitivement ce maniaque, avant qu'il ne soit trop tard.

BestSellers

Best-Sellers n°476 • historique

Lady Secret - Nicola Cornick

Angleterre, Yorkshire, 1805.

A la seconde où elle est entrée dans la somptueuse salle de bal de Cole Court, Marina a senti son regard posé sur elle. Le regard d'un homme sûr de lui, déterminé à percer ses secrets. Et, dès qu'il s'est avancé, elle a su que cet homme sombre et arrogant était le mystérieux inconnu de Londres. Celui qu'elle a embrassé dans la taverne, quelques mois plus tôt. Un baiser enivrant dont le seul souvenir suffit à faire naître en elle un délicieux frisson.

Pourquoi est-il ici ? A-t-il découvert sa véritable identité ? Les questions fusent dans l'esprit de Marina tandis que l'inconnu approche, un sourire prédateur aux lèvres. Car si cet homme venait à découvrir les raisons de son séjour à Londres, il ne tarderait pas à déchirer le voile de mensonges derrière lequel elle se cache depuis des années…

Best-Sellers n°477 • roman

L'été des secrets - Susan Wiggs

Quand elle aperçoit les premiers rayons du soleil scintiller sur le lac des Saules, Claire Turner, une jeune infirmière, est envahie par un sentiment de bien-être presque irréel. Venue pour prendre soin de George Bellamy, un vieux monsieur qu'elle adore, elle ne s'attendait pas un instant à se retrouver, le temps d'un été, dans ce cadre enchanteur. Malgré tout, sa mission s'avère délicate. Elle a en effet promis à George de l'aider à réaliser son rêve de toujours : se réconcilier avec son frère sur les lieux de leur enfance, là où, cinquante ans plus tôt, s'est joué le drame qui les a conduits à se perdre de vue. Heureusement pour Claire, Ross Bellamy, le petit-fils de George, semble prêt à tout pour aider son grand-père à réaliser ses souhaits les plus chers. Ross qui hante ses rêves depuis le jour de leur rencontre. Même si, hélas, elle sait que de terribles obstacles liés aux secrets de son passé se dresseront, quoiqu'il arrive, entre elle et lui.

Composé et édité par les
éditions Harlequin
Achevé d'imprimer en juin 2011

BRODARD & TAUPIN

La Flèche
Dépôt légal : juillet 2011
N° d'imprimeur : 63540

Imprimé en France